傑作！名手たちが描いた
小説・鎌倉殿の世界

安部龍太郎
山本周五郎
岡本綺堂
火坂雅志
永井路子
坂口安吾

宝島社
文庫

宝島社

目次

鎌倉殿・源頼朝から北条義時への政権移動 4
『血の日本史』より
木曽の駒王／奥州征伐　安部龍太郎 5
義経の女　山本周五郎 39
修禅寺物語　岡本綺堂 49
幻の将軍　火坂雅志 123
覇樹　永井路子 167
安吾史譚　源頼朝　坂口安吾 269
解題　理流 299

鎌倉殿・源頼朝から北条義時への政権移動

鎌倉殿とはまず源頼朝からはじまる鎌倉幕府の棟梁のことだが、広義には鎌倉幕府自体をさす。

1180年に挙兵し、平氏を打倒して鎌倉幕府を立てた頼朝の死後、頼朝の子・頼家が18歳で二代将軍になるが、実質は「13人の合議制」という頼朝の有力家臣13人の集団指導体制をとることになる。

しかし、これが権力争いに発展し、謀反・鎮圧・暗殺と抗争が続く。頼家も巻き込まれ将軍位を奪われ、「13人」のひとりである北条時政が初代執権として権力を握ることになる。しかし時政が企てた第三代将軍実朝殺害計画が露見して時政は権力の座を追われる。その後、実朝が頼家の息子・公暁《くぎょう》に暗殺されると、将軍不在の中、時政と対立していた息子・義時（「13人」のひとり）が二代執権となり、姉であり頼朝の妻で「尼将軍」と呼ばれる北条政子をたてて覇権を握った。

その後、承久の乱で後鳥羽上皇を破ることで、朝幕関係を完全に逆転した義時は最高権力者として君臨することになる。

『血の日本史』より

木曽の駒王
奥州征伐

安部龍太郎

安部龍太郎（あべ・りゅうたろう）
1955年、福岡県生まれ。久留米高専卒。図書館勤務等を経て小説家に。90年、日本通史を小説で俯瞰する短編集『血の日本史』で注目を集める。同書と94年発表の『彷徨える帝』で山本周五郎賞候補になった。2005年に『天馬、翔ける』で第11回中山義秀文学賞を受賞。13年に『等伯』で第148回直木賞を受賞。

血の日本史：527年の筑紫の国造・磐井の乱から1878年の大久保利通暗殺までの日本史上の事件を46の短編小説でつないだ「通史」。

木曽の駒王

一一八三年（寿永二）十一月、木曽義仲《よしなか》、後白河法皇の御所を襲い、その近臣の官を解く。一一八四年（寿永三）一月、源範頼《のりより》・義経《よしつね》入京する。義仲、粟津《あわづ》に敗死する（31）。

1

「どうだ駒王《こまおう》、参ったか」

　馬乗りになった巴《ともえ》は、義仲の小袖《こそで》の襟《えり》を引き絞った。駒王とは、義仲の幼名である。

「なんの、まだまだ」

　義仲は巴の両脇を支えて体を浮かし、下腹に足をかけて頭から投げ飛ばした。

巴は大きな背中を猫《ねこ》のように丸め、小雨にぬかるむ庭でくるりと回ると、体勢をたて直し、義仲の足元めがけて突進した。義仲は双手《もろて》で両足をはさまれ、どっと後ろに倒れた。巴は両足首をつかむと、二度、三度とふり回し、網代垣《あじろがき》めがけて投げつけた。義仲は二間ばかりも投げとばされ、頭から垣根にめり込んだ。

「おお、痛て」

義仲は立ち上がると首を振った。額が切れて血が流れ出した。

「隙《すき》あり」

巴が肩口からぶち当たった。義仲は垣根ごと後ろに倒れた。巴は襟首をむんずとつかんで引き起こすと、背負い投げで池にほうり込んだ。その拍子に池の鯉《こい》がはじき出され、泥水《どろみず》の中で銀色の体をばたつかせた。

「ちょっと待った」

巴はそう叫ぶと、鯉をすくい取って池に戻した。

「敵が待つか」

義仲は背後から組みつき、肩ごしに後ろにほうり投げた。巴はかろうじて受身をとった。義仲は上からのしかかって馬乗りになると、襟を取って押えつけた。

「どうじゃ。首はもろうた」

「この、卑怯者《ひきょうもの》が」

巴は色白の端正な顔を悔しげに歪《ゆが》め、満身の力を込めてはね返した。二人は組んずほぐれつしながら、ぬかるみの中を転げまわった。

「さあ、どうだ」

持久力に勝る義仲が、庭の隅《すみ》まで転がって上になった。巴は荒い息をしながらもがいた。さらしがゆるみ、豊かな胸元がのぞいた。義仲はさらしを引きずり降ろし、ふくよかな乳房にむしゃぶりついた。

「馬鹿《ばか》たれが、木曽の山ん中じゃあるまいが」

巴が横面《よこつら》をはり飛ばした。ここは都のど真ん中なのだ。しかも屋敷の中庭である。

「やはり、ならぬか」

義仲は照れ臭そうに立ち上がった。泥だらけの顔から、真っ白な歯がのぞいた。

「殿、法住寺殿よりご使者じゃ」

義仲の腹心の部下で、巴の兄に当たる今井四郎兼平が、二人の様子を笑いながら見ていた。

「誰が来た」

「猫間中納言《ねこまのちゅうなごん》どのじゃ」

「はっは、猫が使いに来たとよ」

義仲は巴の丸い尻《しり》をぴしゃりとたたくと、素っ裸になって池につかった。背はそれほど高くはないが、肩幅が広く胸が厚い。肩口や二の腕、腹や股《もも》には鋼《はがね》のような筋肉が波打っていた。

「お前も入れ。気持いいぞ」

義仲はもとどりを解き、池の水で髪を洗った。神無月の水の冷たさが、木曽の清流を思い出させた。

「俺《おれ》はいい。早くしないと猫が怒るぞ」

巴は小袖の合わせを引いて胸を隠すと、湯屋のほうに走っていった。

猫間中納言光高は、怒りに顔を強張《こわば》らせていた。半刻《はんとき》（一時間）ばかりも待たされた上に、下座を与えられたからだ。

「これは猫どの、雨の中大儀でござった」

「左馬頭《さまのかみ》どのには、ご壮健のご様子、祝着至極《しゅうちゃくしごく》に存じまする」

この七月に平家の大軍を破って上洛《じょうらく》した義仲は、左馬頭に任じられ、越後国を与えられていた。

左馬頭は従五位、中納言は従三位《み》である。光高は官職名で呼ぶことで、彼我の立場を思い知らせようとしたのだ。

「秋刀魚《さんま》がどうかしましたか」

義仲は口をつぼめて話す光高の声を、ほとんど聞き取ることが出来なかった。

「いや、べつに」

「中納言どのは、殿が元気で何よりじゃと申されたのじゃ」

兼平が見兼ねて口をはさんだ。

「そうか、猫どのも毛並が良うて結構じゃ」

親しみを込めた冗談なのだが、光高はますます表情を固くして、うやうやしく一通の文書を差し出した。

「法皇よりの院宣にござる」

「どれどれ」

義仲は太い指で鷲《わし》づかみにして院宣を開いた。だが、あまりに崩した書体なので、何が書いてあるのか分らなかった。

「兼平、このみみずのたくりのような字が読めるか」

「早々に西国の平家を討てとのおおせじゃ」

都を逃れた平家は、讃岐《さぬき》の屋島を根拠地として、四国、山陽に勢力を伸ばしていた。

「平家は蠅《はえ》とちがうぞ。そう簡単に打てるものか」

義仲はむっとした。七月末に上洛したものの、平家は都の家々に火を放ち、財宝や食糧をすべて持ち去っていた。そのために兵糧米《ひょうろうまい》や宿所にも事欠き、部下の不満は高まっていた。

「切り取りは、勝手に任すとのおおせにござります」

光高は義仲をおずおずと見た。兵糧米は民家に押し入って調達しろというのだ。

「馬鹿《ばか》なことを言うな」

義仲は一喝《いっかつ》した。

昨年、一昨年と、畿内《きない》は未曽有《みぞう》の飢饉《ききん》にみまわれ、多くの者が餓死した。

〈路《みち》のほとりなる頭《かしら》、すべて四万二千三百余りなんありける。いわんや、その前後に死ぬるもの多く、また河原、白河、西の京、もろもろの辺地などを加えて言わば、際限もあるべからず〉

その惨状を『方丈記』はそう伝えている。

庶民は、今年も塗炭《とたん》の苦しみにあえいでいるのだ。その家に押し入っていいはずがなかった。

「左馬頭どの、院宣でござるぞ」

「犬《いん》だろうが猫だろうが、出来ぬものは出来ぬのじゃ。それほど討ちたければ、自分で行け」

義仲は憤然と席を蹴《け》った。

2

「こんなふざけた話があるか」

平家討伐のため、備中国万寿《びっちゅうますのしょう》の庄（岡山県倉敷市）まで出陣していた義仲は激怒した。後白河法皇は、鎌倉《かまくら》の源頼朝に征夷《せいい》大将軍職を与え、義仲追討の院宣を下したという。

「征夷大将軍にするというから、兵を励まして……」

義仲は都からの文を、震える手で巴に渡した。緋縅《ひおどし》の大鎧《おおよろい》を着た巴は、仁王のように目をむいた。

「許せん」

ひと言吐き捨てると、文をぐしゃぐしゃに丸めた。男は嘘《うそ》をついてはならぬ。

それが巴の口癖だった。

「兼平、都へ帰るぞ。兵には都につけば、何をしても構わぬと下知せよ」

頼朝軍より早く都につかなければ、平家と源氏にはさみ討ちにされるのだ。三千の軍勢は、阿修羅《あしゅら》のごとき形相で山陽道を駆け上った。

都についた義仲軍は、寺社や公家《くげ》の荘園《しょうえん》に押し入り、略奪の限りをつくした。義仲はそれを制止するどころか、切り取り勝手という院宣をたてに、奪えるだけの物を奪わせた。

「早々に、兵の狼藉《ろうぜき》を静めよ」

後白河法皇は、再三命じたが、義仲は聞かなかった。法皇はやむなく義仲討伐のために、畿内の武士を集めた。

東海道からは源義経に率いられた軍勢二万が迫っている。

義仲は屋島の平家に使者を送り、一致して源氏に当たろうと申し入れたが、平家は手厳しく拒絶した。

八方ふさがりの義仲を見て、部下たちは次々と去り、三千の兵がわずか七百になった。

「殿、こうなったら法皇に許しを乞《こ》い、降人《こうにん》となる以外に手はあるまい」

今井兼平が苦笑いした。

「兄者、駒王がたばかられた相手に頭を下げると言うなら、巴がこの場でその首を打ち落とすぞ」

巴が色白の頬《ほお》を紅潮させて、四尺の大太刀をふり上げた。きりりと吊《つ》り上がった目元に、そんな男になってくれるなという切ない願いがあった。

「巴、その手を降せ」

義仲はにっこり笑って手首をとった。巴はぶつかるように義仲の胸に顔をうめた。

「兼平、こいつがいる限り、降人にはなれんぞ」

「まったく、困った奴《やつ》で……」

「二歳のときに木曽谷に匿《かくま》われて以来、巴とともに育ってきたんだ。こいつに愛想をつかされるくらいなら、わしは法皇を討つ」

戦は十一月十九日の早朝から始まった。院の御所である法住寺にたてこもった三千の軍勢を、義仲が率いる七百騎が、加茂川を渡って攻めた。

義仲は法住寺を取り囲むと、松脂《まつやに》を塗った布を鏑矢《かぶらや》に巻き、火をつけて射込ませた。七堂伽藍《がらん》にまたたく間に火が回った。逃れようと打って出た者は、征矢《そや》の餌食《えじき》となった。

比叡《ひえい》山の座主《ざす》明雲や、後白河法皇の子で三井寺の長吏《ちょうり》だった円恵法親王をはじめ、院方の主立った者たちはことごとく討ち取られた。後白河法皇は、輿《こし》に乗って逃れ出ようとした所を捕えられ、五条東洞院《ひがしのとういん》の館《やかた》に幽閉された。

乱後、義仲は前関白藤原基房《もとふさ》の子師家《もろいえ》を摂政とし、基房父子に政治に当たらせるとともに、屋島の平家に安徳天皇を奉じて上洛するよう求めた。平家は、義仲が降人となって屋島に下れば上洛しようと返答した。

義仲は、迫り来る源義経の軍勢に対して何の対策も立てられないまま、この申し入れを拒絶した。

翌、寿永三年（一一八四）一月十一日、義仲は待望の征夷大将軍となったが、巴はすこぶる機嫌《きげん》が悪かった。義仲が藤原基房の娘鶴姫《つるひめ》を妻としたからだ。

「何しに来た」

久々に家に戻った義仲を、巴は険しい目でにらんだ。

「ぬしの顔が見たくなったんじゃ」

「では、もう気が済んだろう。とっととあの姫の所へ帰れ」

麻の小袖と袴《はかま》を着た巴は、大薙刀《おおなぎなた》をつかんで庭に降りた。

「そう怒るな。これも摂関家の婿《むこ》となるためにしたことじゃ」

「うるさい。男がいちいち言い訳するな」

巴は薙刀を上段に構えると、ぶんぶん振り回した。太刀風が縁側まで吹いてきそうな勢いである。

「なあ、巴」

義仲は庭におりてなだめようとした。

「やかましい。それ以上近づくと、そっ首叩《たた》き落とすぞ」

その声が泣いていた。義仲は薙刀目がけて太刀を投げた。巴は軽くはたき落としたが、義仲はその一瞬の隙をついて巴の腰に組みついた。

「なんの」

巴はがっちりと受け止め、背中から義仲を荷《かつ》ぐと、庭の隅に積み上げてある馬《ま》草《ぐさ》の山に投げつけた。

二人はがっちりと組むと、満身の力を込めて押し合った。巴の髪がほつれ、白くふっくらとした頬にかかった。ぞっとするほど美しかった。

義仲がその美しさにみとれた瞬間、巴は足を払って馬乗りになり、横面を容赦なく殴りつけた。義仲はその腕をつかんで横倒しにし、組み敷いて唇《くちびる》を吸った。

「何をする」

巴は抗《あらが》った。二人は上になり下になりしながら、馬草の山まで転がっていった。

「ここなら、木曽の山ん中と同じじゃ。誰にも見られぬ」

義仲は小袖の合わせを引き分けた。薄桃色に上気した豊かな乳房が現われた。

巴はきっとにらむと、義仲の首に腕を回してしがみついた。

3

「駒王、くよくよするな」

緋絨の大鎧を着た巴が、義仲の肩をたたいた。宇治川に配した五百騎を破った源義経の軍八千は、すでに六条河原に迫っているという。洛中に残した後詰《ごづ》めの兵は、わずか三百だった。

「くよくよなんぞ、しとらんわい」

義仲は出陣前の酒をひと息にあおった。

「木曽谷に落ちて、杣人《そまびと》にでもなるか」

「それもいいな」

「俺は、そうしてもいいぞ」

巴は本気だった。その表情は、いつになく切実だった。

「どうした」

「なんでもねえ」

巴は照れ臭そうな笑みを浮かべると、大薙刀を手にすっくと立った。

義経は、佐々木四郎高綱《たかつな》と梶原《かじわら》源太景季《かげすえ》が率いる三千の先鋒《せんぽう》隊を、一月二十日に六条河原に配した。宇治川の戦で華々しく先陣争いをした、坂東屈指の強兵《つわもの》である。

義経軍は数において義仲軍を圧倒したばかりではない。兵糧米の貯《たくわ》えにおいても、武器の質においても、格段に優れていた。養和年間の飢饉で壊滅的打撃を受けた西日本に対して、東日本はむしろ豊作だった。そのために戦の仕度を充分に整えられたのだ。

十倍の敵に対して、義仲軍はよく戦った。百騎ずつ三隊に分けて魚鱗《ぎょりん》の陣形を組むと、五度、六度と敵のただ中を駆け破った。

これを見た義経は、三千の新手を投入して、義仲軍を中に取りこめ、突き進んでくる相手を一騎ずつ確実に討ち取っていった。

「巴、もはやこれまでじゃ」

「何を言うか。俺につづけ」

巴は薙刀を高く構えると、大車輪に振り回して敵中に突進した。

名のあるらしい一人の武士が、行手をはばもうとしたが、巴は薙刀を斜めにふり降ろし、馬の首を切り落とした。前のめりに倒れた相手の項《うなじ》を打つと、兜《かぶと》ごと首が飛んだ。怖気《おじけ》づいた軍勢は、左右に開いて囲みを解いた。

「駒王、今だ」

返り血で真っ赤になった巴は、薙刀を振り上げて六条河原を北に向かった。義仲は組みつこうとする敵を二、三騎打ち倒してそれに続いた。

主従七騎となった義仲は、粟田口《あわたぐち》を出て松坂（日岡峠）を越え、瀬多に向かった。大手の源範頼《のりより》の軍一万二千にそなえて配した、今井兼平の軍八百騎と合流するためである。だが、橋を落として防戦した兼平軍も、大軍の前に打ち破られ、わずか五十騎になっていた。

義仲が兼平と落ち合ったのは、大津の打出の浜だった。

「いやあ、負けた」

兼平はさばさばしたものだ。手にした太刀は打ち合いで歯こぼれして、鋸《のこ》のようにぎざぎざだった。

「兄者、俺は駒王を連れて木曽へ帰るぞ」

巴は琵琶《びわ》湖《こ》の水で顔を洗った。色白の肌《はだ》が現われた。

「よせよせ。木曽に帰っても、隠れる場所もなかろう」

「いいや、俺はそうする」

「お前は女だ。一人で落ちて天王丸に顔を見せてやれ」

義仲が言った。三歳になる天王丸は、巴の実家に預けてあった。

「駒王、お前も来い」

「無理を言うな。わしは兼平とここで死ぬ」

「児《やや》が出来た」

巴は怒ったように言うと、含羞《はにか》んで真っ赤になった。

「いつ」

「知るか」

「そうか。三人目か」

義仲は鎧ごしに巴の腹をさすった。

「だから、お前も来い」

大きな目がうるんでいた。

その間にも、敵は迫っていた。甲斐《かい》源氏武田忠頼の軍が、湖畔の狭い道を縦長になって追撃してきた。

「いい敵じゃ。わしの戦《いくさ》ぶりを、その児に見せてやろう」

義仲はそう言うと、真っ先に敵の中に斬《き》り込んだ。

「殿の生まれ代りじゃ。木曽に帰って大事にしろ」

「兄者……」

巴は唇をぐっとかむと、馬に鞭《むち》を入れて琵琶湖ぞいに北に向かった。

真っ白な雪をいただいた比叡山から、清冽《せいれつ》な風が吹き降ろす日のことだった。

奥州征伐

一一八九年（文治五）閏《うるう》四月、藤原泰衡《やすひら》、源義経《よしつね》を衣川に殺す（31）。七月、源頼朝《よりとも》、奥州征伐に鎌倉《かまくら》より出発する。

1

落葉に足がすべった。道端の木に手をかけながら、懸命に坂を登った。背後に松明《たいまつ》を手にした追手が迫っている。犬の鳴き声が、次第に激しくなった。

助けてくれ。頼朝は声にならない叫びを上げた。息が切れ、足はつっている。気ばかりあせるが、踏み出す足はずるずると滑った。

「兄上、おつかまりあれ」

そう叫んで義経が手を伸ばした。夢中でつかむと、軽々と引き上げた。

（ああ、助かった）

安堵《あんど》のため息をついた時、頭上で低く笑う声がした。義経と秀衡《ひでひら》が、勝ち誇った顔で見下ろしていた。

「九郎、お前は」

「兄上、覚悟めされよ」

義経は、笑いながら厚刃の野太刀を抜いた。その刃が、喉元《のどもと》に迫ってくる。頼朝は逃れようともがいた。恐ろしさに涙が出た。太刀を払おうと刃をつかんだ。指がざくりと切れた。


痛みで目が覚めた。びっしょりと汗をかいていた。宿直《とのい》の武士が動く気配はない。どうやら叫び声は上げなかったようだ。頼朝は寝屋の闇《やみ》に目をこらすと、枕《まくら》元《もと》の白布で首筋をぬぐった。

(わしは臆病者《おくびょう》だ)

頼朝は鳥肌《とりはだ》立った腕をさすりながら苦笑した。

二度殺されかけたことがある。平治の乱で父義朝《よしとも》が敗れたときと、石橋山の合戦に負けたときだ。十三歳と三十四歳だった。その恐怖が、四十一歳になった今も、体に染《し》みついていた。

「殿、富樫《とがし》どのより密書でございます」

大江広元《ひろもと》が静かに入ってきた。博学をもって聞こえた匡房《まさふさ》の孫で、公家《くげ》や都の事情に精通している。夜半に許しも得ずに寝所に入れるのは、数多い側近の中でも広元だけだった。

「去る二月十日、九郎判官どの弁慶どの他十人、安宅《あたか》の関（石川県小松市）を越えられました」

「そうか」

「一行は山伏の装束にて、羽黒山へ行くと申された由《よし》にございます」

「まだ早い。所々の関所を厳重にし、もう一、二カ月は一行の足を止めよ」

「その旨《むね》、越後守に沙汰《さた》いたします」

「奥州からは」

「依然、無沙汰にございます」

「快慶め。秀衡に内通したのではあるまいの」

仏師運慶の弟子快慶は、無量光院の仏像建立《こんりゅう》のために平泉に招かれていた。頼朝は彼に藤原氏の内情を探らせていたのだ。

「もしそのようなら、即刻始末せよ」

頼朝は薄いひげを苛立《いらだ》たしげに震わせた。

二年前の元暦《げんりやく》二年、義経を総大将とする源氏の軍は、壇ノ浦で平家を亡《ほろ》ぼした。

残るは奥州の藤原氏だが、これは強敵だった。陸奥《むつ》の黄金と、宋《そう》や南蛮との貿易によって巨万の富を貯《たくわ》えている。しかも秀衡は傑出した政略家で、都の後白河法皇と結んで頼朝に対抗していた。

その上、藤原氏には相伝の恨みがあった。「前九年の役」で、父祖頼義《よりよし》は十二年かかって安倍氏を討ったが、「後三年の役」で、義家が安倍氏の血を引く藤原清衡《きよひら》にいいようにあしらわれ、陸奥守《むつのかみ》を解任された。

この仇敵《きゆうてき》を討つために頼朝が用いたのが、義経を平泉に追い込む策だった。

義経は十六歳のときに鞍馬《くらま》寺を逃れて以後、四年間を平泉で過ごした。秀衡が平家滅亡後にそなえて、義経を保護したからだ。

義経を徹底して追い詰めれば、必ず平泉へ逃げ込む。その追捕《ついぶ》を理由に奥州探索の院宣を出させれば、奥州征伐の大義名分が立つ。しかも後白河法皇と秀衡の連携を断つことも出来る。

それが頼朝の狙《ねら》いだった。

「殿、奥州よりご使者でございます」

宿直《とのい》の武士がそう告げたのは、頼朝が快慶への疑いを口にした直後だった。

「秀衡どのは、東大寺大仏建立のため、黄金三万両（約四百五十キロ）を送られるとのことにございます」

東大寺の大仏は、平家による南都焼打ちのために損傷していた。三万両の黄金は、その鍍金《めっき》用だという。

「秀衡め、小賢《こざか》しい真似《まね》をしおって」

大仏の鍍金なら、五千両もあれば足りる。その六倍も送るということは、その金を軍資金として兵をつのり、西と北からはさみ撃ちするためなのだ。

「で、容体は」

「お変わりなしとのことでございます」

「そうか」

頼朝は宙をにらんだ。底冷えのするような冷酷な視線《まなざし》だった。

2

義経が平泉に着いたとの報が鎌倉に届いたのは、文治三年（一一八七）五月のことだ。

「意外に早かったな」

「越後から舟で出羽に向かい、羽黒山を越えて平泉に入られたそうでございます」

広元が絵図を広げ、義経の足跡をたどった。道中のそこかしこに鎌倉の密使がひそみ、一行の動きを監視していた。

「秀衡はどうした」

「とりあえず平泉に館《やかた》を与え、御料所として数百町を与えられた由にございます」

「ふむ」

頼朝は苛立《いらだ》たしげに扇で絵図をたたいた。奥羽全土で十七万の兵力がある。馬は大きく、兵は強い。義経がその大軍を率いて攻め込んで来たら、頼朝とて防ぐ自信はなかった。

「広元、都へ行け」

「御用は……」

「九郎引き渡しを求める院宣を出させるのじゃ」

秀衡が後白河法皇と結んで事を起こす前に、院の動きを封じ込めなければならなかった。

「しかし、それは」

広元は二の足を踏んだ。臣下が院宣を強要するなど、前代未聞のことだった。

「今や鎌倉の力は院に勝っておる。しかも法皇は、先に出した院宣は義経に強要されたものだと申されたではないか」

一昨年、後白河法皇は、頼朝が強大化するのをおそれて、義経に頼朝追討の院宣を下した。だが義経が敗れると、あの院宣は義経に強要されてやむなく出したものだと言い逃れたのだ。

「もし応じられぬときは、頼朝自ら兵を率《そっ》してお願いに上ると申し上げよ」

「委細承知いたしました」

広元は頼朝の強引さに、あきれ顔で引き下がった。

二カ月後、頼朝は院から届いた下文《くだしぶみ》に二カ条の要求をそえて秀衡に送った。ひとつは奥州に流罪《るざい》となっている藤原基兼を都に戻すこと。もうひとつは、大仏鍍金のための金三万両を、鎌倉を経由して朝廷に献上することである。

これは、関東挟撃《きようげき》のための軍資金を渡せと言うのも同然だった。しかも、奥州の内情が筒抜けになっていることまで教えたのだ。

秀衡は頼朝のしたたかさに舌を巻き、異心のないことを誓う親書を送ったものの、金も送らなければ、基兼も渡さなかった。奥州の王者としての誇りと、義経を擁していれば頼朝に対抗できる自信があったからだ。

その秀衡が死んだ。

「ま、誠か」

評定の席でその報を受けた頼朝は、一瞬体から力が抜けるのを感じた。

「去る十月二十九日、背骨の病がもとで失せられました」

奥州から早馬を駆って来た使者は、中庭にぬかずき背中を波打たせた。汗にぬれた背中から、かげろうのように湯気が立った。大蔵御所の背後の山から、粉雪まじりの冷たい風が吹きつけていた。

「そうか。背骨をのう」

頼朝は初めて笑った。湯のような安堵《あんど》が胸一杯に広がった。

「秀衡どのは臨終にのぞみ、泰衡どの、国衡どのに、互いに異心を持たぬよう申し渡された由にございます」

泰衡と国衡は異母兄弟で仲が悪い。秀衡は二人に、義経を大将軍として頼朝と戦うという起請文《きしようもん》を書かせ、一族の結束を図ったという。

「さすがに秀衡じゃ。義経の器量を見抜いておる」

義経に大将の器量があれば、黙っていても人が従うだろう。だが義経は合戦の才には恵まれているものの、人をまとめ上げるだけの力がない。頼朝には、秀衡を失って孤立化していく義経の姿が見えるようだった。

「快慶も知らせてござったが、どうやら背骨を病んだのは秀衡ばかりではないようでござるなあ」

梶原景時《かげとき》が軽口をたたいた。奥州全土が、秀衡という背骨を失ったという酒落《しゃれ》である。評定の席に連なっていた重臣たちは、手を打って誉《ほ》めたが、頼朝はにこりともしなかった。

「遠路大儀であった。面を上げよ」

使者はおずおずと顔を上げた。えらの張った実直そうな顔をした若者だった。

「名は何と申す」

「畠山重忠《はたけやましげただ》どのの家人、秩父《ちちぶ》次郎重高と申しまする」

「良き面相じゃ。恩賞はおって沙汰するゆえ、遠侍にて休息いたすがよい」

重高は深々と頭を下げると、晴れがましさに疲れも忘れて退出した。

「重忠」

「ははっ」

「あの者を討て」

頼朝が低く命じた。

「な、何故《なにゆえ》でござりましょうや」

二十四歳になる重忠は、石のように表情を固くした。

「快慶がことは秘中の秘じゃ。余人に洩《も》れてはならぬ」

誰もが、あっと口を押えた。景時が冗談まじりにその名を口にしたことを思い出したのだ。

「殿、重高は秩父家より預かった子飼いの武将でござります。また、このたびの奥州探索にも、数々の勲功がありますれば、何とぞ……」

「では景時、そちに命ずる」

「重高は殿のためにならぬことを口にするような男ではござらん」

重忠が身を乗り出していさめようとした。その目は真っ赤だった。

「重忠、人は生きている限り、どのように変わるか分らぬものじゃ」

「おそれながら、それでは人の信は得られませぬ」

「人は信では動かぬ。力に従うのじゃ」

頼朝は席を立った。十三歳まで都で育った彼には、東国武士の実直さと無骨さがうとましくて仕方がなかった。

「景時、口は災いの元じゃ。肝に銘じておくがよい」

残された重臣たちは、無言のまま強張《こわば》った顔を見合わせた。

粉雪まじりの風は、いっそう激しさを増していた。

3

「義経の在所が判明したので、急ぎ追捕いたしましょう」

平泉の藤原泰衡がそう知らせてきたのは、文治五年（一一八九）三月七日のことだ。

「ついに音を上げましたな」

都から戻った大江広元は、会心の笑みをもらした。

秀衡が死んで一年半の間、朝廷に迫って義経探索の院宣や宣旨を平泉に送らせた。それと並行して、頼朝は泰衡への恫喝《どうかつ》と懐柔を繰り返した。義経を差し出せば恩賞を与える。だが匿《かくま》いつづけるなら出兵も辞さないと迫った。

この対応をめぐって奥州では、義経を差し出して藤原氏の安泰を守ろうとする恭順派と、秀衡の遺言に従って戦おうとする主戦派の対立が起こった。

今年一月、比叡《ひえい》山の僧を捕えたところ、義経が都に帰るという書状を持っていた。主戦派が劣勢となり、叡山に逃れようとしたのだ。

二月には主戦派の頼衡が泰衡に殺された。奥州が恭順論に向かっていることは、鎌倉にいても手に取るように分った。

「都へ使者を立てよ。泰衡の請文《うけぶみ》は信用できぬ。速やかに奥州追討の宣旨を下されるようにとな」

「泰衡めは、どう出ますかな」

「どう出たところで、助かりはせぬ」

頼朝はねずみをいたぶる猫《ねこ》のように、得意気にひげを震わせた。

答えは二月後に出た。閏《うるう》四月三十日、泰衡は衣川の館にいた義経を襲い、家人や妻子とともに殺したのだ。

これこそ頼朝の思うつぼだった。七月十九日、頼朝は自ら陣頭に立ち、関東の精鋭二十八万を率いて奥州征伐に向かった。朝廷では義経を討った泰衡に罪はないとして、奥州征伐の宣旨を与えなかったが、頼朝は無視した。

泰衡は奥州南部の阿津賀志《あつかし》山で防戦しようとしたが、八月八日から九日まで続いた合戦で、奥州軍は総崩れとなり、平泉に逃げ帰った。だが、館に留《とど》まることも出来ず、清衡以来四代にわたって築き上げた「蝦夷《えみし》の王国」の都に火を放ち、北上川ぞいに北に逃れた。

八月二十二日、頼朝が平泉に入ったときには、毛越寺《もうつうじ》の巨大な七堂伽藍《がらん》も、贅《ぜい》をつくした無量光院も、焼失した後だった。

「これが藤原三代の栄華の果てか」

頼朝は毛越寺の大泉池のほとりに立ち尽くした。

秋の冷たい雨が、池の面をたたいていた。燃え残った柱や壁から、炭のすえた匂《にお》いがした。北上川は満々たる水をたたえて、ゆったりと流れている。眼前には束稲山《たばしね》が美しい稜線《りようせん》を見せてそびえていた。

「殿、こちらに参られよ」

そう呼ぶ声がした。境内の南西の角に、倉が一棟焼け残っていた。鍵《かぎ》のかかった扉《とびら》を、五十人ばかりが取り巻いていた。

「開けてみよ」

大木で扉を打ち破った。沈《じん》や紫檀《したん》など、宋《そう》から輸入した用材で作った厨子《ずし》が数脚入っていた。中には象牙《ぞうげ》の笛、水牛の角、金の沓《くつ》、瑠璃《るり》の燈炉《とうろ》など、数々の財宝が納めてあった。

その美しさに、東国の武士たちは目を奪われた。農耕と戦《いくさ》しか知らない彼らが初めて触れる、絢爛《けんらん》たる文化がそこにあった。

「このような贅沢が、国を亡ぼすのじゃ」

頼朝はその美しさに抗《あらが》うように吐き捨てた。

宿所の端女《はしため》が一通の書状を持参したのは、平泉に入って五日目のことだ。

「このような物が、庭に投げ込まれておりました」

表書には「進上鎌倉殿、泰衡敬白」と記されていた。

頼朝は重臣たちを集め、中原親能《ちかよし》に書状を読み上げさせた。

「皆を呼べ」

「伊予国司（義経）の事は、父入道扶持《ふち》したてまつりおわんぬ。泰衡まったく濫觴《らんしょう》を知らず。父を亡《うしな》うの後、貴命を請《う》けて誅《ちゅう》したてまつりおわんぬ。これ勲功といいつべきか……」

義経のことは父秀衡が面倒を見ていたことで、自分は一切事情を知らない。父の死後、貴命により彼を誅した。これは手柄《てがら》と言わねばならぬ。それなのに急に征伐されたのは何故か。そのために自分は代々の館を失い、山に隠れる身となった。

奥羽両国はすでにあなたのものとなったのだから、自分は許しをいただいて御家人の列に加えてもらいたい。それが無理なら、せめて死罪を減じて遠流《おんる》に処していただきたい。

「もし慈恵を垂れ、御返報あらば、比内《ひない》郡（秋田県北秋田郡）の辺に落とし置かるべし。その是非につきて……」

「もうよい」

頼朝は舌打ちをすると、腹立たしげにさえぎった。

「いかが計らいましょうか」

「軍勢を差し向け、早々に討ち取るがよい」

九月六日、泰衡の首が届いた。比内郡の家臣河田次郎を頼ったが、頼朝に通じた河田に斬殺《ざんさつ》されたのだ。頼朝は傷跡も生々しい泰衡の首を実検すると、額に八寸釘を打ちつけてさらし首にした。また河田次郎も主君を討った罪により死罪とした。

乱後、頼朝は中尊寺の阿弥陀堂をまねて、鎌倉に永福寺を作った。義経や泰衡の怨霊《おんりょう》をなだめるためだった。

〈義顕（義経）といい泰衡といい、させる朝敵にあらず。ただ私の宿意（個人的な怨《うら》み）をもって誅し亡ぼす故《ゆえ》なり〉

幕府の公式記録である『吾妻鏡《あづまかがみ》』でさえ、頼朝の不当を訴えている。

奥州征伐後、わずか三十年で頼朝の血筋が絶え果てたのは、こうした非道の報いかもしれない。

義経の女《むすめ》

山本周五郎

山本周五郎（やまもと・しゅうごろう）
1903年、山梨県生まれ。本名、清水三十六《しみずさとむ》。横浜市立尋常西前小学校卒業後、東京・木挽町の山本周五郎商店に徒弟として住み込む。関東大震災後、復職せずに文学修業に努める。29年、「少女世界」に童話や少女小説を発表する。43年、『日本婦道記』が第17回直木賞の候補に推されるが辞退。59年、『樅ノ木は残った』が毎日出版文化賞に選ばれるが受賞を固辞。61年、『青べか物語』が文藝春秋読者賞に推されるが辞退。67年逝去。

義経の女：源義経の娘・千珠（源有綱の妻説がある）の夫との別れを描く。

そのとき千珠《せんじゅ》は、屋形の廂《ひさし》にいて、京から来た文《ふみ》を読んでいた。建久《けんきゅう》二年の、正月もまだ中ごろのことだったが、伊豆のくには暖かくて、簀子縁《すのこえん》のさきにある蔀《しとみ》格子《ごうし》から、やわらかい午後の光といっしょに、さかりの梅の香が噎《む》せるほどもよく薫《にお》ってきた。文のぬしは千珠にとっては義理の姉にあたり、讃岐《さぬき》といって、二条院に仕えているひとだった。歌人としても名だかいひとだけに、やさしく巧みな手つきで「去年十一月に都へのぼった頼朝の、参内の儀のゆかしく美しかった」ことや、「その供をしてのぼった兄の駿河守《するがのかみ》（広綱）にひさびさで逢えたよろこび」などを眼に見るように書きつらねたうえ「つたないもので恥ずかしいけれど」といって五六首の歌が添えてあった。千珠はそこまで読んできて、ふとその歌の中の一首につよく心をひきつけられた、それはふしぎなほど心をひく歌だったので、われ知らずそっと口のなかで繰り返してみた。

あと絶えて浅茅《あさぢ》が末になりにけりたのめし宿の庭の白露

いかにもはかなく寂しげな詠みぶりである。口ずさんでいると、荒涼とした秋の野末に、たった独りゆき暮れたような、かなしいたよりない気持になって、千珠は思わずほっと太息《といき》をついた。そしてそのまま、内庭のほうへ眼をやってぼんやりしていると、中門のあたりでにわかに騒がしい物音が聞え、あわただしく廊を踏んで良人《おっと》の有綱がはいって来た。つねには起ち居のおだやかな良人なのに、千珠はいって来たようすも乱《ろう》がわしく、顔つきもいくらか蒼ざめているので、千珠はなにも聞かぬうちから胸がおどった。

「千珠、ことができた」と有綱は低いこえで云った、「河越城《かわごえ》へにわかに鎌倉から兵が寄せて、重頼どのをお討ち申したというぞ」

千珠の額がさっと蒼くなった、それはまことでございますか、そう訊《き》こうとしたけれど、舌が硬《こわ》ばってしまったし、訊くまでもないということがすぐに頭へひらめいた。

「急ぎの使者で、くわしいことがわからないから、すぐようすをさぐらせに人をやった、鎌倉へも使いをだしたが、伊予守どののゆかりになってお討たれなすったとすれば……」

そこまで云いかけて、有綱はあとをつづけることができなくなり、「わが身もそなたも、心をきめておかなければ」とつぶやくように云って、対面のほうへ出ていってしまった。

いよいよそのときが来た。千珠はそう思った。二年まえ、文治《ぶんじ》五年の夏に、伊予守義経がみちのくの衣川《ころもがわ》で討たれたときから、こうした日が来るのではないかと案じていた。そのときが来たのである。河越太郎重頼は義経の舅《しゅうと》にあたる、重頼の女《むすめ》が義経の妻になっていたのだ、千珠は義経の女《むすめ》である、舅が討たれたとすれば、女である千珠が無事である筈はない、良人の云うとおりで、まさしく心をきめなければならぬときだ。みぐるしいふるまいをしてはいけない、千珠はそう自分をたしなめながら、しずかに立って身舎《もや》へはいった。

今にもと思っていたが、なにごともなく日が経っていった。河越へやった者も、鎌倉へやった者も帰って来たけれど、太郎重頼の討たれたことが精《くわ》しくわかっただけで、なんのためという理由はわからなかった、「たしかに伊予守どののゆかりに座したのだ」有綱もそう云うし、千珠もそれに違いないと思いながら、けれどもしやするとほかに理由があるのではないかという気持もして、いかにも落つかぬ日をおくっていた。十日ほどして、京から頼朝が帰って来た。日本総追捕使《そうついぶし》征夷《せいい》大将軍としての晴れの帰国だった。有綱は駿河のくにまで迎えに出た。頼朝はきげんよく会い、ひきで物などあって、有綱はたいそうめんぼくをほどこした。それから供の中にいる筈の、兄の駿河守広綱に逢おうとすると、そこで思いがけぬことを知った。広綱はなにゆえか、帰国の途中でふいに姿を隠してしまい、どこへいったかゆくえがしれないというのである、

——河越のことを聞いたからだ。

有綱はそう直感した。そこですぐにいとま乞いをして伊豆へ帰ると、屋形の内はいろめきたっていた、留守の間に鎌倉から「千珠どのを鎌倉へさしだすように」という使者が来たというのである。

「いずれひと合戦と存じまして、その支度をしているところでございます」

留守の侍たちはいきごんでそう云った。庭には楯《たて》が運び出されていた。弓を張る者、矢を揃《そろ》える者たちが右往左往している、厩《うまや》のあたりから遠侍《とおざぶらい》へかけて、甲冑《かっちゅう》を着ける物音や叫び交わす侍たちの、けたたましい声があふれていた。よしと云って有綱は奥へはいった。有綱は屋形の内をそこ此処《ここ》とたずねまわったうえ、ようやく持仏の間にいる妻をみつけた。

「千珠いよいよ時が来た」

そう云って有綱が坐ると、千珠はしずかに向き直って、「御前のごしゅびはいかがでございましたか」と訊いた。有綱は気ぜわしくそのときのことを語った、頼朝が案外きげんよく会ったこと、ひきで物のこと、そして兄広綱のことなど。……千珠はしずかにうなずきながら聞いていたが、やがて「あらためてお話し申したいことがございます」とかたちを正して云った。

「わたくしを鎌倉へやって下さいませ」

有綱はおどろいて眼をみはった、千珠は良人のおどろくさまをかなしげに見あげながら、「このたびのことは千珠ひとりにかぎり、お屋形にはなんのおかかわりもないのでございますから」

「ばかなことを云ってはいけない」

「いいえお聞き下さいまし」

千珠はしずかに押し切って云った、「鎌倉の大殿《おおとの》（頼朝）が父伊予守をお討ちあそばしたのは、御自分の小さなおにくしみだけではございません。平氏は武家でありながら、都に住み、公卿《くぎょう》ぶりに染まって、あらぬ栄華に耽《ふけ》ったため、亡びました。大殿にはそれを前車の戒めにあそばして、征夷の府を鎌倉に置き、武家が天下の守護人であること、身を質素に持し、倹約をまもり、心をたけく男々《おお》しく、武士らしき武士となることをきびしくお示しあそばしました」

父のことを女《むすめ》としてあげつらうのは申しわけないがといって、千珠は眼を伏せながらつづけた、「父伊予守はもと京に育ち、また木曾殿（義仲）の変には都にあって、内裏へものぼり、公卿がたとも往来して、おふるまいもとかく華美になりました。そのうえ合戦のみごとさは世に隠れもなく、下人《げにん》の末までがはなやかに評判をするありさまでした、これは大殿の、武士はあくまで質実剛直でなくてはならぬ、武家の本分をまもって世の模範となれという、きびしい御政治とは合わぬものです、御勘気のおお根はそこにありました、しかも世の人々はみな父伊予守のはなばなしさに心をひかれています、新しい質実な政治をおこない、乱れた天下を泰平にするためには、衣川のかなしい戦は無くてはならなかったのだと存じます」

「それはよくわかった、けれどもそのおにくしみがなぜ千珠にまで及ぶのだ、河越殿はなぜ討たれたのか」

「伊予守のゆかりでもし反旗でもあげるようなことがあってはならぬ、そうおぼしめしてでございましょう、それが禍いの根を刈ることになって、世の中がおさまり、天下が泰平になるのでしたら、河越さまの御さいごもあだではなく、千珠も死ぬことはいといませぬ、わたくしは覚悟をきめました、どうぞ鎌倉へおやり下さいまし」

そう云って千珠は、心のきまった、いかにも爽やかな眉をあげて良人を見、いつぞや京の義姉《あね》から来た文をとりだして「このお歌を読んで下さいまし」とそこへひろげた。それは「あと絶えて浅茅が末になりにけり……」というあの一首だった。

「わたくしはお歌の意味をこうだと存じました」

「兄ぎみ駿河守さまはおゆくえ知れず、今またあなたさまが千珠の縁にひかされて、鎌倉へ弓をひかれるようなことになりましては、世の中を騒がす罪も大きく、故三位《さんみ》（頼政《よりまさ》）さまのお血筋も絶えて、まったく浅茅が末のあさましい終りとなってしまいます」

妻への情に負けて、多くの人を傷つけ、世を騒がし、ひいては家を廃絶するような、みれんなことはしてくれぬよう、自分ひとりの命はもういずれとも覚悟をきめているから、千珠は心をこめてそうねがった。有綱には妻の心がよくわかった、その言葉にも誤りはない、今はなにごとをおいても天下を統一し、世を泰平にしなければならぬときである、そして妻はおおしくもおのれの覚悟をきめているのだ、

――だが、そうだからといって、みすみす妻ひとりを死なせにやれるだろうか。

有綱は苦しくかなしく、胸いっぱいにそう叫びたかった、おそらくその気持がわかったのであろう、千珠は涼しげに微笑さえうかべながら云った、

「千珠は命をめされるかも知れません、けれどもそれは、世のために大きく生き

ることだとおぼしめして下さいませ」

有綱は眼にいっぱい涙をため、やさしく妻を見まもりながらうなずいていた。それから数日して、或晴れた日の朝、千珠は迎えの輿《こし》に乗って鎌倉へと去った。

附記 千珠という名は仮のものである、義経の女《むすめ》というだけで名が伝わっていないため、筆者がかりにそう呼んだにすぎない。またその生死のほども、明らかに記した書をまだ見ない。駿河守広綱は、のちに醍醐寺《だいごじ》へはいって出家したそうである。二条院の讃岐という人は「沖の石の讃岐」といわれて、新古今集などにも多く歌を載せられている。

修禅寺物語

岡本綺堂

岡本綺堂（おかもと・きどう）
1872年、東京生まれ。東京日日新聞の記者として働きながら執筆を始め、91年に同紙に小説「高松城」を連載。1911年に発表した戯曲『修禅寺物語』が出世作となる。他に『鳥辺山心中』『番町皿屋敷』など、生涯に196篇の戯曲を残す。コナン・ドイル「シャーロック・ホームズ」シリーズに着想を得て執筆を開始した『半七捕物帳』は、後の「捕物帳」の嚆矢《こうし》となり、多くの作家に影響を与えた。1939年逝去。

修禅寺物語：鎌倉二代将軍である源頼家を主人公にした戯曲『修禅寺物語』を作者自らが小説化した作品。

一

明治四十一年の秋に、わたしは伊豆の修善寺《しゅぜんじ》温泉へ行って、新井《あらい》旅館に滞在していた。その当時の日記によると、わたしは九月二十七日の午前八時頃、焼松茸の秋らしい香《におい》に酔いながら朝飯を済ませて、それからすぐに宿を出て、源氏の将軍頼家《よりいえ》の墓に詣《まい》ったのであつた。

日記にはこう書いてある。

——桂橋《かつらばし》を渡り、旅館のあいだを過ぎ、射的場《しゃてきば》の間などをぬけて、塔《とう》の峯《みね》の麓《ふもと》に出《い》づ。ところどころに石段あれど、路はきわめて平坦なり。雑木しげりて高き竹叢《たけむら》あり。槿《むくげ》の花の白くさける垣《かき》に沿うて、左に曲《まが》れば、正面に釈迦堂《しゃかどう》あり。頼家の仏果《ぶっか》円満を願うがために、母政子《まさこ》の尼が建立せるものと伝えらる。鎌倉の覇業《はぎょう》を永遠に維持する大目的の前には、あるに甲斐なき我が子を犠牲《いけにえ》にしたれども、さすがに子は可愛きものにてありけるよと推量《おしはか》れば、ひごろは虫の好かぬ驕慢《きょうまん》の尼将軍その人に対しても、一種の同情をとどめ得ざりき。

さらに左へ折れて小高き丘にのぼれば、高さ五尺にあまる楕円形の大石に征夷《せいい》大将軍左源《さげん》頼家尊霊と刻《きざ》み、煤《すす》びたる堂の軒には笹龍胆《ささりんどう》を染めたる紫の古き幕を張り渡せり。堂の広さは二坪《ふたつぼ》を越ゆまじく、修禅寺の方《かた》をみおろして立てり。あたりには杉楓のたぐい枝をかわして生いたり。秋の日影冷たく、いずこにか蟬の声かれがれに聞こゆ。余りにすさまじき有様よとは思えども、これに比ぶれば範頼《のりより》の墓はさらにはなはだしく荒れまさりぬ。叔父御《ご》よりも甥の殿こそ末《ま》だしもの果報ありけれと思いつつ、香《こう》を手向けて去る。入れ違いに来たりて磬《けい》を打つ参詣者あり。

頼家の墓所、予は単に塔の峯の麓とのみ記憶していたりしが、ここにて聞けば、このところを指月ヶ丘《しげつがおか》というとぞ。頼家討たれし後、母の尼ここへ来たり弔《とむら》いて、空ゆく月を打ち仰ぎつつ、「月は変らぬものを、かわりはてたるは我が子の上よ」と、月を指《ゆび》さして泣きければ、人びともおなじ涙に暮れ、爾来《じらい》ここを呼んで指月ヶ岡というとぞ。蕭条《しょうじょう》たる寒村の秋の夕《ゆうべ》、幸《さち》なき我が子の墓前に立ちて、一代の女将軍が月下に泣けるさまを想い見よ。まことに画《えが》くべく歌うべき悲劇にあらずや。彼女がかくまでに涙を呑んで経営したる覇業も、源氏より北条氏《ほうじょう》に移りて、北条もまた亡びたり。これを思えば、秀頼《ひでより》と相抱いて城と共にほろびたる淀君こそ、人の母としては却《かえ》って幸いなりけれ。感多くして立つこと多時。――

わたしはその晩、旅館の電燈の下《もと》で桂川の水の音を聴きながら、頼家の最期《さいご》を戯曲に編もうと企てた。その明くる日、修禅寺の宝物に頼家の仮面《めん》があるということを宿の主人から聞いて、すぐに修禅寺へ行った。仮面の作人《さくにん》は誰だか判らなかった。戯曲の腹案はここにいる間に大抵まとまって、東京へ帰ってから筆を執った。あくる年の春に脱稿したのが「修禅寺物語」で、それが初めて明治座に上場されたのは明治四十四年の五月であった。書きおろし以来、しばしば市川左団次《いちかわさだんじ》君によって上演されて、松莚《しょうえん》（杏花《きょうか》）戯曲十種の一つに数えられている。

それから十年目で、今年の正月、わたしは重ねて修善寺へ行った。十九日の午後、寒い風の吹く日、桂川を渡って、頼家の墓に詣《もう》でると、あたりの光景はよほど変わっていた。その晩、わたしはこんなことを書いて読売新聞社へ送った。

――修善寺の宿に着くと、あくる日はすぐに指月ヶ岡にのぼって、頼家の墓に参詣した。わたしの戯曲「修禅寺物語」は十年前の秋、この古い墓の前に額《ぬか》ずいた時に、わたしの頭に湧き出した産物である。この墓と会津《あいづ》の白虎《びゃっこ》隊《たい》の墓とは、わたしに取って思い出が多い。その後にわたしはどう変わったか、自分にはよく判らないが、頼家公の墓はよほど変わっていた。

その当時の記憶によると、岡の裾には鰻屋が一軒あったばかりで、岡の周囲にはほとんど人家が見えなかった。墓は小さい堂のなかに祀《まつ》られて、その堂の軒には笹龍胆の紋を染めた紫の幕が張り渡されていて、その紫の褪《さ》めかかった色がいかにも品の好い、しかも寂しい、さながら源氏の若い将軍の運命を象徴《しょうちょう》するかのように見えたのが、今もありありとわたしの眼に残っている。ところが、今度かさねて来て見ると、堂はいつの間にか取り払われてしまって、懐かしい紫の色はもう尋《たず》ねるよすがもなかった。なんの掩《おお》いをもたない古い墓は、新しい大きい石の柱に囲まれていた。いろいろの新しい建物が岡の中腹までひしひしと押し詰めてきて、その中には遊芸稽古所などという看板も見えた。

頼家公の墳墓の領域がだんだんに狭まってゆくのは、町がだんだんに発展してゆく標《しるし》である。紫の古い色を懐かしがるわたしは、町の運命になんの交渉をもたない、一個の旅びとに過ぎない。十年前にくらべると、町は著《いちじる》しく栄えてきた。多くの旅館は新築したのもある。建て増したのもある。温泉倶楽部も出来た。劇場も出来た。こうして年ごとに繁昌してゆくこの町のまん中にさまよって、昔のむらさきを偲《しの》んでいる一個の貧しい旅びとのあることを、町の人たちは決して眼にも留めないであろう。わたしは冷たい墓とむかい合ってしばらく黙って立っていた。

それでも墓の前には三束《みたば》の線香が供えられて、その消えかかった灰が霜柱のあつい土の上に薄白くこぼれていた。日あたりが悪いので、黒い落葉がそこらに凍り着いていた。墓を拝して帰ろうとしてふと見かえると、入口の古い柱のそばに一個の箱が立っていた。箱の正面には「将軍源頼家公おみくじ」と書いてあって、そのそばの小さい穴の口には「一銭銅貨を入れると出ます」と書き添えてあった。

源氏の将軍が予言者であったか、売卜者《ばいぼくしゃ》であったか、わたしは知らない。しかしこの町の人たちは果たして頼家公を霊なるものとして、こういうものを設けたのであろうか。あるいは湯治客の一種の慰みとして設けたのであろうか。わたしは試みに一銭銅貨を入れてみると、からからという音がして、下の口から小さく封じた活版刷りのお神籤《みくじ》が出た。あけて見ると、第五番凶とあった。わたしはそれが当然だと思った。将軍にもし霊あらば、どのお神籤にもみな凶が出るに相違ないと思った。——

こんな苦《にが》い心持を懐《いだ》きながらも、半月ばかり滞在している間、毎日散歩に出るたびに、落葉と霜柱を踏みながら、わたしはきっと頼家の墓に参詣した。そうして、自分の古い作の「修禅寺物語」について考えた。香の煙につつまれながら静かにその墓に向かっていると、史実と空想とが一つにもつれ合って、七百年前の鎌倉の世界がまぼろしのようにわたしの眼の前に開かれた。

第一の幻影は、うち綾《あや》の小袿《こうちぎ》を着た二十歳《はたち》前後の若い局《つぼね》ふうで、すぐれて美しい顔のどこやらに暗い影を宿している女であった。

二

「あ、あの煙は……」

若い局は鎌倉御所の欄干に身をもたせて、あさ黄色に暮れてゆく大空の下に、烏賊《いか》が墨をふくように真っ黒にふきあがる煙の末を眺めた。建仁《けんにん》三年の秋も終わりに近い九月二日で、もう肌寒い夕暮の風はうす紫の小袿の広い袂を吹きかえして、若い局の豊かな鬢《びん》の毛を微《かす》かになびかせた。

「堀藤次《ほりのとうじ》どの、火急にお目通りを願いまする」

侍女《こしもと》に取次がせて、ひとりの武士《さむらい》がゆがんだ烏帽子《えぼし》の緒を締め直しながら、廻廊づたいに急いで来た。彼は年のころ五十一、二で、うすい髭《ひげ》に掩われた上唇《うわくちびる》が古い刀疵《かたなきず》で醜く裂けている、頑丈な骨太の男であった。局の顔をみて、ろくに会釈する間《ひま》もなしに、あわてた声が彼の裂けた唇からほとばしった。

「お局。御覧ぜられたか、あの火の手を……」

「北の御所の方角かとも見ましたが、なんぞの手過《てあやま》ちでも……」

「いや」と、老いたる武士は頭《かしら》を忙しそうに振った。「過ちではござらぬ。不意に討手《うつて》が押し寄せて、北の御所は焼亡《しょうもう》。あれ、あのような物の響きがお耳には入りませぬか」

物音はとうに耳にひびいている。それを怪しんで、局は今ここへ物見《ものみ》に出たのであった。北の御所へ討手――その注進を聴いて、局は取りみだすほどに驚いた。

「討手は誰……北条殿か」

「尼御台《あまみだい》の御下知《おげち》をうけたまわって、北条殿が惣大将《そうたいしょう》。小山《おやま》、結城《ゆうき》、畠山《はたけやま》、加藤《かとう》、仁田《にたん》の人びとが一方には比企《ひき》殿の屋形《やかた》を取りまき、一方には北の御所に押し寄せ、いくさは今が最中《さなか》でござりまする」

局は身を戦慄《おのの》かせて聴いていたが、たちまち身をひるがえして表の方へ駈け出そうとした。その袂をとらえる間《ひま》がないので、武士は無礼をかえりみずに、相手が長く引いてゆく紅《くれない》の袴の裾を片足で緊《しか》とふみ止めた。

「まずしばらく。あの通りの猛火のなかへ女儀《にょぎ》の身が、何として、なんとして……」

「北の御所には若君が御座《ござ》あるを忘れたか。放しゃ、放さぬか」と、局は狂うように身をもがいた。

それは武士もよく知っているが、今この場合、局をおめおめと出してやって、もし何かのあやまちがあっては自分の役目が立たない。彼はどうでも局を取り鎮めなければならなかった。

老いたる武士はくれないの袴をふんだままで、狂い立つ局を口早にすかしなだめた。たとい御所内にいかようの闘諍《とうじょう》が起ころうとも、若君に対して非礼を働く者があろうとも思われない。何者か必ず守護して安泰の場所へ移しまいらせたに相違ない。比企殿の御運はともあれ、若君のお身の上に誓って御別条はない。くれぐれもお騒ぎなさるなと、彼はさえぎって諫《いさ》めた。

こう言っているうちに、外の響きはいよいよ閙《さわ》がしくなって、太刀打ちの音さえも手に取るように聞こえた。うず巻く煙のあいだからは火焔《ほのお》の波が高く狂いあがって、いったん暮れかかった秋の日が何者かの扇に招き返されたように、薄暗い空一面が真紅《まつか》に染められた。

あのおそろしい火の中に生みの若君がいるかと思うと、局はもう半狂乱であった。ひとの諫言《かんげん》などは、のぼせた耳には入らなかった。焦《じ》れて、躁《あせ》って、相手を突きのけて、彼女は遮二無二《しゃにむに》駈け出そうとすると、うしろから不意に癇《かん》の高い声が聞こえた。

「若狭《わかさ》、待て」

それは将軍頼家の声であった。狂っている女も、支えているその家来も、さすがに形をあらためて喘ぐ息をしばらく鎮めると、頼家も欄干《おばしま》近くあゆみ出て、眉の上を照らすばかりに輝く火焔の光をじっと眺めていた。水のように蒼い将軍の顔も、雪のように白い将軍の小袖も、その火にあぶられて薄紅く見えた。

「憎い奴め」と、頼家はまなじりを裂いてただ一言《ひとこと》いった。

そうして、無言で局の手を取って、奥の間へ、つかつかと入《はい》ってしまった。将軍につかまれた手を振り払うすべもないので、局も無言でおめおめと引かれて行った。

そのあとについて行こうか、それともひとまず武者溜りへ退《さが》ろうかと、武士はすこし思案に迷ったらしく、燃えさかる火をいたずらに仰ぎながら一つ所にたたずんでいると、二十歳ばかりの若い武士が彼のうしろを駈け抜けながら声をかけた。

「堀殿。一大事を御存じか」

「おお、知っている」

なにもかも知っていながら、彼は局に向かってあからさまに言い得なかったのである。

若狭局は比企判官能員《はんがんよしかず》の娘で、十五の春から源氏の将軍頼家の側に召し出されて、一幡丸《いちまんまる》という若君を儲けた。順序からいえば、これが鎌倉三代将軍の芽生《めばえ》である。その祖父たる能員の一門が外戚《がいせき》の威勢をふるうのは自然の勢いで、それが北条の一門と衝突を来たすのも避け難い自然の勢いであった。

言うまでもなく、北条時政《ときまさ》の娘の政子は頼朝《よりとも》の御台所《みだいどころ》で、頼朝の没後は尼御台と仰がれて、鎌倉幕府の女主人公となっている。それに連《つら》なる北条の一門が外戚の威勢をたのんで、二代の将軍頼家を有る甲斐なしにあつかっていることが、年の若い頼家にとってはおさえ切れない不満の種であった。血を引いた祖父と孫とでありながら、時政と頼家とのあいだには何の親しみもなかった。それらの事情は歴史家の筆にもしばしばのぼって、何人《なんぴと》にも余り詳しく知られ過ぎている。

わたしも今ここでそれらの史実を深く考えている余裕がない。わたしの空想は幻影の動くにつれて忙がわしく走ってゆく。

将軍の御座所とも見るべき広い座敷には、将軍頼家と若狭の局と、若い武士と老いたる武士とが、息もしないほどに鎮まり返って向かい合っていた。老いたる武士は堀藤次親家《ちかいえ》で、若い武士は下田五郎景安《しもだのごろうかげやす》であることは下《しも》の対話でだんだんに判った。

二人の家来が代るがわるの報告で、きょうの驚くべき出来事がことごとく頼家の耳に伝えられた。局の父の比企能員は薬師《やくし》の尊像の供養《くよう》といつわって北条の屋形へおびき寄せられて、何の苦もなく討たれてしまった。たった一人あやうい所を逃れた家来が比企ヶ谷《やつ》の屋形へ帰って注進すると、比企の子供や家来どもは驚き憤って、すぐに若君の一幡丸を守護して北の御所に楯籠《たてこも》った。つづいて北条方の討手が押し寄せた。

いくさは申《さる》の刻（午後四時）から始まったが、酉《とり》の刻（午後六時）に近いころには、人数の少ない御所方はだんだんに討ちすくめられて、討死も出来た。手負いも出来た。防ぎ矢を射るもの幾人かを残して、その余の者はみな内へ引っ返して若君の前で一度に自害した。屍《かばね》の恥を隠すために、最後の際に火をかけるのがこの当時の習いであるので、彼らの自害と同時に御所は一面の火となった。若君一幡丸もその火焰のなかに飛び込んで、今年六歳《むっつ》の小さい骨を灰にしてしまった。

半日のうちに父を討たれ、わが子を亡《うしな》った局の嘆きは言うまでもなかったが、頼家の憤怒《いかり》はそれ以上であった。舅《しゅうと》の能員を討たせたのも口惜しかった。わが子を殺されたのも無論に悲しかった。しかしそれ以上に彼を憤激させたのは、将軍としての我が権威を滅茶苦茶に踏みにじられたということであった。

たとい病弱であろうとも、自分は鎌倉二代の将軍である。その将軍には一言の伺いも立てずして、みだりに家来を誅戮《ちゅうりく》する。それすら自分をないがしろにした違乱《いらん》の仕方であるのに、まして能員は自分の舅である。一幡は自分の子で、ゆくゆくは三代の将軍とも仰がるべき者である。その能員をほろぼし、一幡を殺して、勝関《かちどき》をあげている北条の一類は、あまりに人もなげなる振舞である。自分に対して謀叛を企てたも同然である。自分の眼の前で舅をほろぼされ、わが子を殺されては、なみなみの者でもただおめおめとは見ていられまい。自分は将軍である。その将軍の権威を彼らは認めないのであろうか、彼らは将軍を恐れないのであろうか。

こう考えると、頼家は総身《そうみ》が焼けただれるほどに腹立たしかった。彼は火焔の息をついて暫くは空《くう》を睨みつけていたが、やがてその立《たて》烏帽子が揺り落ちるばかりに頭《かしら》をふるわせて、嚙みつくように呶鳴った。

「北条めを誅伐《ちゅうばつ》せい。時政も義時《よしとき》も一人も残さずに討ちほろぼせ。藤次も五郎もすぐに人数をあつめい。予の直書《じきしょ》を渡すほどに、それを持参して和田と仁田の一族を召せ」

血気の景安はすぐに承ると答えたが、古つわものの親家は返答に躊躇した。上《かみ》を凌《しの》ぐ北条の所為《しょい》が非義重々は勿論であるが、北条のうしろには尼御台というものが控えている。彼らは尼御台の下知《げち》というのを頭《かしら》にいただいて、能員誅《ちゅう》戮《りく》を遂行したのであるから、表向きからいえば彼らは当面の責任者でない。この際、あくまでも彼らの責任を問い、彼らの非義を責めるということになると、つまりは尼御台に楯を突く結果になる。尼御台は将軍の母である。子が母にむかって楯を突くと云うことが既にその名儀において七分の不利益であるのに、鎌倉じゅうの大小名はことごとく尼御台の味方である。心からの味方でないまでも、北条の威勢に怖れて頭をもたげ得ないものが多い。和田とても頼みにはならない、仁田はきょうの寄手に加わった者である。たとい将軍の直書を賜《たまわ》っても、かれらが進んで将軍に忠節をつくすかどうかは、はなはだ覚束ないのである。こんなやからを頼みにして、迂闊《うかつ》に大事を思い立たれるのは、かえって将軍の御運を縮める結果になりはしまいか。

親家の渋っているのを見て、頼家の癇癖はいよいよ募った。彼は扇の骨の砕くるばかりに上畳《あげだたみ》を叩いてまた叫んだ。

「藤次、なにを猶予する。おのれも北条の方人《かたうど》か、ただしは北条がおそろしいか。早く行け」

「は」とは言ったが、親家はまだ起《た》ちかねていた。

「えい、おのれは頼まぬ。五郎、おのれ一人でゆけ。一刻を過ごさぬうちに人数をあつめて、北条の屋形に押し寄せい。かれらの屋形の焼け落つる火を、頼家はこれにて快く見物しょうぞ。若狭、料紙《りょうし》と硯《すずり》を持て」

頼家はふるえる手に筆をとって、和田と仁田にあてた直書を書いた。頼家という書判《かきはん》まで据えられた。もうこうなっては意見も諫言《かんげん》も無用である。主君と運命を倶《とも》にするよりほかはないと健気《けなげ》に覚悟した親家は、一通の直書を押し頂いてすぐに和田の屋敷へ向かった。景安は仁田の屋敷へ行った。

あとには幽霊のような顔をした若い男と女とが残った。男は女の手をとって、再びもとの欄干《おばしま》のほとりに出た。鎌倉山の大空には秋の星が限りなくきらめいて、もう焼け落ちてしまった北の御所の上には、うす白い煙がまだ一面に這い拡がっていた。

「あれを見い。鬼火じゃ」

焼け残った瓦や土墻《ついじ》のあいだから青い火がへら、へら、へらと燃えていた。

「あれ、若君が呼んでおりまする」

「一幡が呼んでいる」

「あれ、煙のあいだから小さい手をあげて、わたくしどもを招いておりまする」

欄干から飛び降りようとする局の臂《ひじ》は、頼家にしかとつかまれた。

「物に狂うな。狂うほどならば頼家がまず狂うわ。一幡の仇も、能員の仇も、いつ時の後にはみな亡ぶる。待て、待て」

頼家は調子のはずれた声で高く笑った。

三

いったん消えた二つの幻影が再びわたしの眼の前にあらわれた時には、その世界はまるで変化していた。そこは伊豆の三島《みしま》神社の前で、頼家は怪しい輿《こし》に乗せられていた。あとの輿には若狭の局が乗っていた。二つの輿のそばには、下田五郎景安とほかに四、五人の近習《きんじゅ》と侍女《こしもと》どもが付いていた。

それから少し離れて百人ばかりの武士が左右に分かれて控えていた。鎧《よろい》を着ている者は一人もなかったが、彼らは直垂《ひたたれ》の下に腹巻をしめて、籠手《こて》脛当《すねあて》を着けて、弓や長巻《ながまき》を持っていた。彼らの中にはいかつげな眼を光らせて、将軍の身のまわりをじろじろと睨《ね》め廻しているのもあった。痛々しげな眼をそむけて、うららかに晴れた秋の空を見あげているのもあった。社頭の大きい杉の梢には、旗のように白い雲がゆるく流れていた。

このまぼろしの世界が眼に映った時に、それが普通の社参でないことをわたしの予備知識がすぐに教えてくれた。将軍頼家は北条誅伐の密謀がもろくも露見して、鎌倉から伊豆に移されて狩野《かのう》の庄《しょう》の修禅寺に押し籠められるのである。その途中、伊豆の府にさしかかって、三島の社《やしろ》の前を過ぎたので、頼家はここにしばらく輿をおろさせて、参拝に半晌《はんとき》あまりを費したのである。供のうちに堀藤次親家の老いたる姿が見えないのは、和田の屋敷へ使に行った帰り途で北条の家来どもに討たれたのである。

こう思ってよく見ると、今年まだ二十二という若い将軍の顔は悼《いた》ましいほどに蒼ざめてやつれていた。若い局の顔にも血の気が失せて、まるで白い蠟で作られた人形《ひとがた》のようにも見えた。

治承《じしょう》四年、父の頼朝がまだ蛭《ひるが》ヶ小《こ》島《じま》に蟄《ちつ》していた時に、この御社《みやしろ》に参拝して源氏再興の祈願を籠《こ》めたことがある。そうして伊豆を討って出て、鎌倉に覇府を開いたが、その子の頼家は流人《るにん》同様の身となって、鎌倉から逆に伊豆へ送られるのである。

若い将軍は神の御前《みまえ》に額《ぬか》ずいて何事を念じていたか知らないが、やがて、参拝も終わって再び輿に乗ろうとする時に、彼はうしろの輿を見かえってあわただしく声をかけた。

「若狭。なんとした」

家来共もおどろいて眼をやると、若狭の局は今や輿に乗り移ろうとして、俄《にわか》に小膝をついて悩ましげに悶《もだ》え始めたのであった。景安は侍女に指図して局を介抱させた。局は胸が塞《ふさ》がるように痛むと言って、鳩尾《みずおち》のあたりを抱えて土に俯伏《うつぷ》してしまった。見送りに出た社人《しやじん》も慌て騒いで、奥へ薬を取りに行った。

九月もなかばに近い日の白昼《まひる》であった。社頭の小川のふちには薄《すすき》の白い穂が吹くともない秋風に軽くなびいている。その薄の葉を折り敷いて、局の痩せた姿は横たえられた。いずれもただうろたえているばかりで、はかばかしくは介抱も出来ないのであった。

「ここらに医師《くすし》は住まぬか」と、頼家は焦《じ》れるように左右を見かえった。

ここらに医師は住まぬという頼りない返事を聞いて、彼はいよいよ焦れた。

「こうと知らば、鎌倉から典薬《てんやく》の者を召し具《ぐ》してまいろうものを……。さりとは無念じゃ。社司のもとには薬の貯えもあろう。早う持て」

「ただいま社人が取りにまいりました」と、景安は答えた。

「遅い、遅い。早うせい」

主人があまりに焦れるので、景安はすぐに社内へ催促に行った。警固の武士のむれから四十前後の分別らしい男が進んで来て、将軍の前にひざまずいた。それは狩野小次郎行光《かのうこじろうゆきみつ》であった。

「申し上げまする。若狭のお局、不時のおん悩み、御介抱は勿論の儀でござりまするが、これから修禅寺まではまだよほどの路のりでござれば、途中で日が暮れましては御難儀。局の御介抱は近習侍女《こしもと》衆に任せられて、上様《うえさま》にはおん立ちを……」

「介抱は近習侍女どもに任せて、予に直ちに立てと言うか」

「はあ」

「若狭を見捨ててゆけと言うか」

「はあ」と、行光は上眼《うわめ》で将軍の顔色をうかがった。

「いやじゃ」

頼家の声が激しいので、行光もしばらくためらった。それを見向きもしないで、頼家は輿を降りて局のそばへ立ち寄った。

「若狭、どうじゃ。まだ落ち着かぬか」

局はかすかにうなずくばかりであった。

一日のうちに父をほろぼされ、子をうしなって、嘆きの積り積った上に、自分のかしずく将軍家は鎌倉を逐《お》われて押し籠めの身となったのである。人間としてほとんどあらん限りの打撃を一度に受けた局の弱い魂は、鎌倉を出る朝からもう半分は死んでいた。その半死半生の魂と身体《からだ》とを怪しい輿の上に揺られながらも、きのうは険しい箱根の峠を越えて来たので、その疲れにいよいよ苛《さいな》まれた彼女の身体は、もう生きるにも生きられなくなってきた。さらでも細った魂緒《たまのお》がもう切れかかってきた。彼女は自分が折り敷いている枯れ薄と同じように、ここで果敢《はか》なく折れて倒れるよりほかはなかった。

秋の日は死にかかっている女の白い顔をあかあかと照らしている。それを見つめて、頼家も黙っていた。修禅寺に女を召し連れてゆくということについては、殊に比企能員の娘を連れるということについては、北条にも少しく故障があったのを、局からも押し返して願い、頼家からも尼御台に訴えて、特に彼女を伴うことを許されたのであった。それが途中でこの始末である。こうと知ったらば、いっそ鎌倉に残してくれれば好かったものをと、頼家も今更悔《くや》まれた。彼はどうかしてこのいじらしい女の命をつなぎ留めたかった。

「若狭。心をたしかに持て。どうじゃ」と、頼家は再び呼んだ。

「上様……」と、虫のような声が局の青ざめた脣《くちびる》から出た。「わたくしは所詮《しょせん》……お供はなりませぬ。打ち捨てておいでくださりませ」

「ええ、そちまでが行光と同じように……」と、頼家はむしろ腹立たしそうに言った。

「今この際《きわ》にそちを捨てて……頼家はどこへ行かりょうぞ。よく思うても見い。母には疎《うと》まるる、家来どもには叛《そむ》かるる。将軍職は奪わるる。鎌倉の屋形《やかた》は追い払わるる。天にも地にも頼家の味方というは、そちと……ここにいる僅かな家来どもばかりじゃ。取りわけて若狭、そちに離れて……頼家が何となろうぞ」

彼の声はだんだんに湿《うる》んできた。身にあまる勿体《もったい》なさというように、局は切れぎれの息の下からむせぶように言った。

「かたじけないお詞《ことば》……。七年このかたの御恩……。せめては修禅寺までおん供して朝夕の御介抱をと存じましたに……。かえって逆《さか》さまの御介抱を受くる。お礼も……お詫びも……」

あとはかすれてよく聴き取れないので、頼家は草にひざまずいて耳を寄せた。侍女どもは遠慮して、少し引き退って見ていると、頼家は食い入るように眉をひそめながら、幾たびかうなずいていた。

「おお、未来は……未来は……。それは言うまでもないことじゃ。ただ無念なは……征夷大将軍源頼家が側女《そばめ》、若狭の局ともあろう者が、匹夫下郎《ひっぷげろう》にも劣って……犬猫のように路草の上に野䴏死《のたれじに》……。あまりに無残で口惜しい。鶴岡《つるがおか》八幡に見放されて、鎌倉を追い放たれた頼家は、ここまでさすろうて来て、またもや三島明神《みょうじん》にも見放されたか。源氏の家にいかなる祟《たた》りがあるぞ。頼家は過世《すくせ》にいかなる罪を作ったぞ」

うるんだ睫毛《まつげ》を水干《すいかん》の袖に払って、頼家は社《やしろ》のかたをきっと睨みつめると、局は力のない手でその手に取りすがった。

「さりとは怖ろしい。勿体ない。仮にも神を恨ませたもうな。たとい草の上、土の上に命を終わろうとも……神の宮居《みやい》のおん前で死ぬるというは、せめてもの仕合わせ、神のお恵み……。ありがたいとこそ思え、恨めしいとは露塵《つゆちり》ほども思いませぬ。ただ心残りは……」

ここまで一息に言ってきて、もうその息は続かなくなった。頼家の袂が引かれるように重くなったと思うと、彼女はその袂を掴んだままで俯伏してしまった。景安が先に立って、社人が薬湯《やくとう》を捧げて駈けつけたがもう遅かった。せめてもの心ゆかしに、その薬湯を局の口に含ませたが、それは末期《まつご》の水にもならなかった。局の魂は将軍よりも先に、修禅寺の旅に上《のぼ》っていた。

「局は御臨終じゃ」と、景安は声をくもらせて一同に言い聞かせた。

侍女どもは声をあげて泣き出した。近習の直垂の袖も一度にさやさやと動いた。

行光も烏帽子の緒を締め直して、再びひざまずいた。弓や長巻は地にふした。

「若狭の亡骸《なきがら》は修禅寺まで一緒に舁《か》いてゆけ」と、頼家は輿に乗りながら言った。

「社頭をお浄《きよ》めくだされ」と、行光は社人に会釈して先に立った。

それにつれて、一度に立ち上がる長巻の白い刃に、秋の日がきらきらと光った。大きい一羽の鳶《とび》が杉の上を悠々と舞っていた。

景安が指図して、局の亡骸は輿の上に移された。侍女どもは薄の花を折って来てその枕もとにはさむと、白い穂は力なくそよいで黒い髪の上に垂れた。女どもはみな顔を掩いながら輿のあとについて行った。


こうした悲しい酷《むご》たらしい、まぼろしの世界がいつまでも続くのをわたしは恐れていると、その寂しい秋がたちまち華やかな春に変わった。それが明くる年の三月なかばであることをわたしは直覚した。暖かく晴れた日の光が野にも山にも満ちていた。大きい川の水が石に堰《せ》かれて白く流れていた。その川端や畑のあいだに、花盛りの八重桜が遠く近く咲き乱れていた。

この桜の立木を背景にして、頼家と下田五郎景安の二人が立っていた。ここは修禅寺の門前にながれ落ちる桂川の上流で、二人はこれから川伝いに奥の院へ参詣する途中であろうとわたしは想像した。頼家も景安も若かった。しかもこのうららかな春のひかりを浴びている人物としては、彼らの影があまりに寂しいので、わたしは何だか物足らなく感じていると、遠い上流《かみ》の方からさらに一つの幻影があらわれた。縹色《はないろ》に小桜を染め出した麻衣《あさぎぬ》を着て、服装《みなり》はもとより若狭の局と比べ物にもならないが、その匂やかな眉付きは彼女にちっとも劣らないほどの美しい女であった。

女はもう頼家の前に近づいて来た。

四

水干《すいかん》に立烏帽子を着けて、家来に太刀を持たせているほどの人が、ここらの山家《やまが》に幾人も住んでいようはずがなかった。常は奥深く垂れこめていて滅多《めった》にその姿を見せることがなくても、それが修禅寺におわす鎌倉の貴人《あてびと》であることは、女にも大抵想像されたのであろう。彼女は川端の若草の上にひざまずいて、二人の通り過ぎるのを待っていた。

頼家と彼女と瞳《ひとみ》を見合うほどに近づいた。そうして、その瞳は動かない物のように据わってしまった。彼はしばらくその女を見つめていたが、やがて景安を見かえって言った。

「彼女をこれへ召せ」

景安にいざなわれて、若い女はうやうやしく将軍の前に出た。頼家のうしろには大きい桜の木が枝をかざしていた。その明るい花の色に照らされたように、女は顔をうす紅くしてうずくまっていると、頼家はしずかに声をかけた。

「そちはこのあたりの者か」

「塔の峯の麓に住んでおりまする」

山家の育ちというにも似合わず、彼女は行儀よく答えた。

「これから窟《いわや》まではよほど遠いか」

「坂東道ではまだ三里ほどもござりましょうか」

「ここらの者とあれば、そちも窟詣でをいたしたことがあるか」

「ただいまも参詣いたしてまいりました」

頼家の問いに応じて、若い女は桂の窟の説明をした。そこは弘法大師《こうぼうだいし》が悪魔を封じ籠めた処で、窟の入口にはふた本《もと》の年古《としふ》る桂が立っていて、その根から清水をふいて、末は修禅寺の方へ大きく流れて落ちるので、川の名を昔から桂川と呼び慣わしていると言った。女の卑《いや》しくない、そうしてさわやかな口吻《くちぶり》が頼家の興味を引いて、彼は笑《え》ましげにその物語を聴いていた。

「ほう、この川上にふた本の桂があるか」

「遠い昔からふた本立ち列んでおりますれば、女夫《めおと》の桂と申しまする」と、女はほほえんだ。

「女夫の桂……」

急にさびしい心持になって、頼家は桜の梢を見あげた。

今は世を捨てたような彼も、女夫の名を偶然に言い聞かされて、若狭の悼《いた》ましい記憶が俄に胸の奥によみがえったのであろう。彼は低い溜息と共に独りごとのように言った。

「非情の草木にも女夫はある。人にも女夫はありそうな」

女は黙って眼をあげると、それが丁度みおろした頼家の眼と出逢った。今度は女の瞳が動かなくなった。頼家はまたしずかにきいた。

「そちの名は何というぞ」

「桂と申しまする」

「桂……。川の名と同じじゃな」

頼家もほほえんだ。若い女の瞳は燃えるように輝いた。景安は太刀をささげたままで、黙ってひざまずいていた。三人の足もとや膝の下には一面の若草が青いしとねを敷いて、日にあぶられた柔らかい匂いが彼らの袖や袂を暖かく包んだ。

「いや、面白い話を聴いた。急ぎの路を呼び止めて心ないことであったぞ。予は頼家じゃ。修禅寺へも折々は遊びにまいれ」

景安を頤《あご》で招いて、頼家は静かにあるき出した。女はいつまでも草の上に小膝を折ったままで、黄色い蝶に追われてゆく主従のうしろ姿を見送っていた。

そよりとも風の吹かない日で、川づたいの長い街道に薄樺色《うすかばいろ》の水干と褐《かちん》の直垂《ひたたれ》とのほかには人の影も見えなかった。上流《かみ》へ遡《のぼ》るにしたがって、うす白い土の色がだんだんに狭《せば》まって、黄色い畑が広く突き出していた。二人の衣《きぬ》の色はその菜の花のかげに隠れてしまった。

女は膝の塵を軽く払って起《た》ちあがった。川向いの山々はその肩に薄紫の隈《くま》を取って、眼の前に青々と浮き出してみえた。鶺鴒《せきれい》に似た鳥が河原の白い石から石へと飛び渡って、その長い尾のひらめきがまぶしいほどに光っていた。

彼女の名が桂ということは、その名乗るのによってわたしは知った。彼女はもう二十歳ぐらいで、伊豆の山家にはめずらしい、いわゆる﨟闌《ろうた》けた顔かたちで、背もすらりと高い、鼻も高い、顔色も艶やかに白い、口もとも引き締った、どこやらに驕慢《きょうまん》の相《そう》を忍ばせているような女であった。

彼女は晴れやかな顔をして、晴れた大空の下を静かに歩いて行った。修禅寺の高い甍《いらか》を横にみながら、虎渓橋《こけいきょう》を渡って塔の峯の青い裾にゆき着くと、小さい竹藪をうしろにして一軒の草葺《くさぶき》屋根が低く見えた。門《かど》には型ばかりの竹の戸が閉《た》てあって、内には紙砧《かみぎぬた》の音がきこえた。彼女は黙って戸をあけてはいった。

それを聞きつけて、内からまた一人の若い女が出て来た。その年頃と顔とを見て、それが彼女の妹であることはすぐに覚《さと》られたが、妹にはもう眉が無かった。その夫らしい二十二、三の男は明るい竹縁《ちくえん》に出て、少し猫背にかがみながら砥石《といし》で何か光るものを研《と》いでいた。

「お帰りなされませ」と、妹はしとやかに会釈した。

「通い馴れた路でも窟まではなかなか遠い」と、姉の桂はほほえんだ。「殊に春の日ももう暖こうなり過ぎて、これ見やれ、襟には薄い汗がにじむ」

懐《ふところ》紙《がみ》で細い頸《くび》のまわりをぬぐいながら、桂は縁にいる男を見かえった。

「春彦《はるひこ》どの。精が出ますの」

「おのが職じゃ。怠ってはなるまい」と、春彦は見向きもしないで素っ気なく答えた。

「それを今さら聞くことか」

と、桂はあざわらうように言った。そうして、炉の前へ行って温《ぬる》い湯を飲んでいた。

妹は黙って庭に降りて、日あたりのいい莚《むしろ》の上に坐って再び紙砧を打ちはじめた。修禅寺紙はまたの名を色好紙《いろよしがみ》とも呼ばれて、昔からここの名物であった。その砧《きぬた》の音を遠い世界の響きのようにかすかに聞きながら、桂は夢見る人のように煤《すす》けた天井をみあげていた。

「姉《あね》さま。お前もひと休みしたら、ここへ来て打ちなさらぬか」と、妹は庭から伸び上がって呼んだ。

桂は返事をしなかった。垣の隅に咲いている遅い椿の紅い花が静かに落ちた。どこやらで鶏《とり》の声がのどかにきこえた。妹はまた呼びかけた。

「姉さま、姉さま……」

「何じゃの」と、桂は鬱陶《うっとう》しそうに振り向いた。「砧はもう打つまい。わたしはいやになった」

「窟詣ででお疲れなされたか」と、妹は砧の手をやすめて優しくきいた。

「いや、それほどに疲れもせぬが……。ええ、面倒な。わたしも今そこへゆく」

思い直して桂も庭に降りた。姉は妹とむかい合って拍子よく砧を打ち始めた。女の軽い袖が互いちがいに動くにつれて、椿の花はまたほろほろとこぼれ落ちた。春彦は砥石を片付けて奥の細工場《さいくば》へはいった。

ここの家は面作師《おもてつくりし》であった。家の奥の破れた壁には、羅刹《らせつ》や野干《やかん》や飛出《とびで》やべし口や、いろいろの幽怪な舞楽の仮面《めん》が懸けてあって、さながら悪魔の棲家《すみか》のように、うす暗い中から思い思いの眼を晃《ひか》らせていた。壁につづいて蒲簾《がますだれ》が低くたれていて、簾の中が細工場になっているらしかった。

細工場でも鑿《のみ》と槌《つち》との音が静かにひびいた。庭でも砧の音がつづけて聞こえた。春の長い日もだんだんに方向を転じたらしく、軒先にたれている小さい簾のかげが斜めに落ちて、西向きに坐っている妹は眼をそむけるようになった。姉は背にうけている日影を仰ぎながら砧の手を休めた。

「もう一晌《いっとき》も打ちつづけたので、肩も腕も痺《しび》れるような。もうよいほどに止《や》みょうでないか」

「日の暮るるにはまだ半晌《はんとき》あまりもござろうに、もう少し精出そうではござんせぬか」と、妹は相変わらず打ちつづけていた。

「精出したくばお前ひとりで精出して働くがよい。父《とと》さまにも春彦どのにも褒めらりょうぞ。わたしはいやじゃ。もういやになった」

姉は投げ出すように砧を捨てると、妹の細い眉はすこしひそんだ。

「貧の手業《てわざ》に姉妹《きょうだい》が年ごろ打ち馴れた紙砧を、とかくに飽きた、いやになったと、昔に変わるお前がこの頃の素振りは、どうしたことでござるかのう」

「いや、昔とは変わらぬ。ちっとも変わらぬ」と、姉は誇るようにあざわらった。「わたしは昔からこのようなことを好きではなかった。父さまが京鎌倉においでなされたら、わたし達もこうはあるまいものを……。名聞《みょうもん》を好まれぬ職人気質《かたぎ》で、この伊豆の山家に隠れてしもうてからもう幾年になる。親につれて子供までも鄙《ひな》に育って、しょう事なしに今の身の上じゃが、父さまは格別、わたしはこのままに朽ち果てようとは夢にも思わぬ。近い例《ためし》は今わたし達が打っている修禅寺紙じゃ。はじめは賤《いや》しい人の手に作られても、色好紙と呼ばれて世に出づれば、高貴のお方の手にも触るる。女子《おなご》とてもその通りで、たとい賤しゅう育っても、色よし紙の色好くば、関白大臣将軍家のお側へも召し出されぬとは限るまいに、賤《しず》の女《め》が生業《なりわい》にする紙砧をいつまで打ち覚えたとて何となろうぞ。いやになったと言うたが無理か」

これは妹も今初めて言い聞かされたことではない。姉がふだんから口癖のようにそれを繰り返しているので、一つ軒の下に起き臥《ふし》ている妹の耳には、さのみ新しいことではないらしかった。しかしそれが耳新しく感じられないだけに、おとなしい妹の身としては、これほどに誇りの強い姉の行く末がなおさらに案じられるらしかった。

「さりとて、人には人それぞれの分《ぶん》があるもの」と、彼女はやわらかに打ち返した。

「関白殿や将軍家のお側近う召さるるなどと夢のような出世を頼みにして、心ばかり高う打ちあがっては……」

「末が覚束ないとお言やるか。ほほほほ」と、姉は白いうなじをそらせて高く笑った。

「お前とわたしとは第一に心の持ち方が違う。妹のお前は今年十八で、もう春彦という郎《おとこ》をもっている。それに引き換えて、姉のわたしは二十歳《はたち》というきょうの今まで、夫も選ばずに過ごしたは、あたら女の一生をこの草の家に住み果つまいと思えばこそじゃ。職人風情《ふぜい》の妻となって、それで満足しているお前たちには、わたしの心は判るまい」

日の影はだんだんに薄れてきて、姉の肩にたれた黒い髪もひからなくなった。うしろの竹藪では長い日の暮れるのを惜しむように鶯《うぐいす》が鳴いた。奥の細工場からさっきの春彦が再び出て来た。

「桂どの」と、彼は縁の上からみおろして言った。「職人風情と、さも卑しい者のように言われたが、子の口から親御の職をおとしめらるるか。職人もあまたある中に、面作師といえば世に恥ずかしからぬ職であろうぞ。あらためて言うにも及ばぬが、わが日本《にっぽん》開闢《かいびゃく》以来、初めて舞楽の面《おもて》を刻まれたは勿体なくも聖徳太子じゃ。つづいては藤原《ふじわらの》淡海公《たんかいこう》、弘法大師、倉部春日《くらべのかすが》、この人びとから今に伝えられて来た、由緒《ゆいしょ》正しい職人とは知られぬか」

見ごと高慢の義姉《あね》を言い伏せた積りらしかったが、相手は問題にならないという風にいよいよ空うそぶいた。

「それは職が尊いのでない。聖徳太子や淡海公というその人びとが尊いのじゃ。かの人びとも生計活計《みすぎよすぎ》に面作りはなされまい《い》が……」

「みすぎにしては卑しいか。さりとは異なことを聞くものじゃの」と、若い職人はひじを張って詰めかかった。「あすにもあれ、この春彦が稀代《きだい》の面を作り出して、あっぱれ日本一、天下《てんが》一の名を取っても、お身はまだ職人風情と侮るか」

「言《お》んでもないこと、日本一でも天下一でも職人は職人じゃ。殿上人《てんじょうびと》や弓取りとはひとつになるまい」

どちらが売りことばか買いことばか、いずれもだんだんに言い募ってきた。

「殿上人や弓取りがそれほどに尊いか。職人がそれほどに卑《いや》しいか」

「はて、くどい。知れたことじゃに……」と、桂は顔をそむけてしまった。

ことば争いはもどかしくなったらしい。若い職人は腕をまくって縁から降りようとするのを、妹はあわてて押しへだてた。

「これ、春彦どの。一旦こうと言い出したら、あくまでも言い募るのが姉さまの気質《きしつ》じゃ。さかろうては悪い。もういさかいはよしてくだされ」

おろおろしながら支《ささ》える妻の優しい顔をみても、春彦の煎《に》え立った胸はまだ鎮まらないらしかった。彼はあえぐように罵った。

「その気質を知っていればこそ、日ごろ堪忍《かんにん》していれど、あまりといえば詞《ことば》が過ぐる。女房の縁につながって姉と立つればつけ上がり、ややもすれば我を軽《かろ》しむる面《つら》の憎さよ。時宜《じぎ》によっては姉とは言わすまいぞ」

「おお、姉と言われずとも大事ござらぬ」と、桂も肩をそびやかした。「職人風情を妹婿にもったとて、姉の見栄にも手柄にもなるまい」

「まだ言うか」

その口を引き裂こうとでもするように、春彦は妻をひき退けて莚の上に飛び降りた。

まぼろしの世界はすこし混雑してきた。夫をさえぎろうとする妻と、妻を掻きのけて行こうとする夫と、二つの影がもつれて動いた。

「ええ、騒がしい。鎮まらぬか」

少し沈んだ、底力のある声が俄にひびいた。それは細工場の方から聞こえたらしかったので、わたしは蒲簾を透かして奥の細工場の方に眼を向けると、家の奥までもう滲《にじ》みこんで来た夕暮れの色は、そこらにうずたかく散り敷いている木の屑をうす黒く染めて、そのなかに大きく浮き出しているまぼろしの人影をだんだんに押し包もうとしていた。その薄暗い中でも大きい人の輪郭《りんかく》はわたしにありありと窺われた。

彼はもう六十に近そうな、骨の太い、見るから頑丈《がんじょう》らしい老人であった。年ごろ自分の職に魂を打ち込んでいたせいかもしれない、彼の老いたる顔にも木彫《きぼり》の面の何者にか肖《に》ているような、荒削りの、線の太い、一種のこわばった感じをあたえる人相をそなえていた。彼は古びた揉烏帽子《もみえぼし》をかぶって、袖の狭い麻の袷《あわせ》を着て、白い小袴《こばかま》をはいていた。鼻の下と頤のあたりには白い髭が薄くみえた。彼はもう夕暮れの色が袴の膝の上まで這い上がってきたのを知らないように、鑿《のみ》と槌《つち》とを持って一心に木彫りの仮面《めん》を打っていた。

この老人が姉と妹の父で、あわせて春彦の舅《しゅうと》であることは、三人に対する詞《ことば》つきですぐに判断された。鎮まらぬかと声をかけられて、妹と晴彦の夫婦は奥へはいった。由《よし》ないことを言い募って、細工のお妨げをいたした不調法《ぶちょうほう》は、どうぞ御《ご》料簡《りょうけん》を願いたいと春彦はあやまった。妹も詫びた。姉娘の名を桂ということは、わたしも前から知っていたが、この対話を聴いているうちに、妹娘の名は楓《かえで》ということを初めて教えられた。

「これもわたしが姉さまに意見がましいことなど言うたが基《もとい》、姉さまも春彦どのも必ず叱って下さりまするな」と、おとなしい楓はしおらしく、姉と夫とを庇《かば》うように言った。

老人は晃《ひか》った眼に優し味をみせてほほえんだ。

「はは、なんで叱ろう。叱りはせぬ。姉妹《きょうだい》のいさかいはままあることじゃ。珍しゅうもあるまい。時にきょうももう暮るるぞ。お前たちは早う夕飯の支度やら燈《あ》火《かし》の用意でもせい」

桂もさすがに父にはさからわなかった。言い付けられたままにすなおに起って、裏口の小川へ水を汲みに行った。楓は庭に降りて、砧や莚を片付けていた。

「のう、春彦よ」

喧嘩相手の出て行ったのを見送って、老人は諭《さと》すように婿に言い聞かせた。

「妹《いもと》とは違うて気がさの姉じゃ。おなじ家内で一緒に暮らせば、一年三百六十日、面白くもない日も多いであろうが、何事もわしに免じて料簡せい。お前もかねて知っているはずじゃ。あれを生んだ母親はその昔みやこの公家衆《くげしゅ》に奉公したもので、不思議な縁でこの夜叉王《やしゃおう》と女夫《めおと》になって、遠いあずまへ流れ下ったが、育ちが育ちじゃで、とかくに気位が高く、わしのような職人風情に連れ添うて、一生むなしく朽ち果つるのを、悔《くや》みながらに世を終わった。その形見《かたみ》の娘がこの桂と楓の二人じゃ。おなじ胤《たね》とは言いながら、姉は母の血をうけて公家《くげ》気質《かたぎ》、妹は父の血をひいて職人気質、子供の性《しょう》が違えば自然に親の愛も違うて、母は姉びいき、父は妹びいき、思い思いに子供のひいき争いから、埒《らち》もない女夫いさかいなどしたこともあったよ。しかしその母はもう死んでいる。わしの眼から見れば姉も妹もおなじ娘じゃ。母のないのを幸いに、父が妹にばかり片びいきするかと思わせて、姉のこころを僻《ひが》ますするも好ましゅうないと、わしも大抵のことは大目《おおめ》に見ゆるして置く。聞きにくいことも聞き流している。じゃによって、あれがなにを言おうとも、めったに腹を立てまいぞ。人を人とも思わぬように気位《きぐらい》が高う生まれたは、母の子なれば是非もないのじゃ」

この長い話の中に、老人は自分で夜叉王と名を言った。彼は伊豆の夜叉王という高名の面作師であった。夜叉王の名を聞かされると同時に、わたしは覚《さと》った。修禅寺にある頼家の仮面《おもて》というのは、恐らく彼の手に作られたのであろう。こう思っていると、果たしてそこへ修禅寺の僧の影が見えた。

「夜叉王どの、上様のお召しじゃ。明朝巳《み》の刻《こく》に寺までまいられい」

五

使に来た僧の姿はすぐに隠れてしまった。楓がささげて出して来た燈台の火もふっと消えてしまった。今までそこにかしこまっていたはずの春彦の痩せた姿も見えなくなった。

わたしは夢のような心持で眼をしばたたくと、まぼろしの世界は舞台の暗転のようにいつの間にか形を変えているのであった。しかもよく見ると、その舞台はやはりもとの夜叉王の家であった。

　時刻もやはり夕暮れであった。薄暗い細工場もそのままであった。そこに鑿《のみ》と槌《つち》とを持っている夜叉王の頑丈な骨組もそのままであった。木の屑もそのままに散っていた。ただ変わっているのは家のまわりの景色である。

　庭の紅い椿はとうに散り尽くしてしまったらしく、それに列《なら》んだ大きい百日紅《さるすべり》のいつまでもその梢に夕日を残しているように紅《あか》あかと咲き乱れているのが眼についた。まばらに結い廻した垣の裾《すそ》や、傾きかかった竹縁の下には、露をこぼしたような白い草花がしょんぼりと咲いて、そこらには秋の虫の冷たい声が流れていた。

　秋——春の世界からいつかもう秋の世界に移り変わっているのである。その三《み》月四月《つき》のあいだに、何事が水のように流れて過ぎたか。それについておもむろに想像や判断をくだす余裕をあたえないで、いろいろの幻影が夕闇のあいだからつながって浮き出して来た。わたしのあわただしい眼はすぐにその方に向けられた。

　真っ先に立っているのは修禅寺の僧であった。僧は夕暮れの路を照らすために燈籠《とうろう》をさげていた。それに続いて来たのは将軍頼家であった。下田五郎景安も主人の太刀をささげて附き添っていた。三人は竹の枝折戸《しおりど》の前に立った。

僧がしわぶきすると、奥から楓が出て来た。

「将軍家のお微行《しのび》じゃ。粗相があってはなりませぬぞ」と、僧は穏やかに、しかも嚇《おど》すように言った。

楓は頭をおしつけられたようにはっとそこにひれ伏してしまうと、奥の細工場から夜叉王も出て来た。

「思いも寄らぬお成りとて、何の設けもござりませぬが、まずあれへお通り下さりませ」

頼家はうなずいて竹縁《ちくえん》に腰をかけると、縁先に咲いている白い花は、将軍の真っ白な大口袴《おおくちばかま》に色を消されて、ゆう闇の底にその小さい姿を隠してしまった。口上は自分から言おうか言うまいかと、景安はすこしためらいながら主人の顔色をうかがうと、気の短い頼家は取次ぎを待たずに口を切った。

「やあ、夜叉王。頼家が今宵たずねて参った筋は、問わずとも大方は察しておろう。予が面体《めんてい》をのちの形見に残そうと存じて、さきにその方を修禅寺《しゆつたい》へ召し寄せ、頼家に似せたる面を作れと絵姿までも遣《つか》わして置いたに、日を経《ふ》るも出来せず。幾たびか延引を申し立てて、今まで等閑《なおざり》に打ち過ぎたは何たることじゃ。その方も伊豆の夜叉王といわるるほどの者、たかが面ひとつの細工にいかほどの丹精を凝らせばとて、ふた月三月には仕上げらるるはず。当三月の末より足かけ五月《いつつき》とも相成るに、いまだ出来いたさぬと申すは余りの懈怠《けたい》、もはや猶予は相成らぬぞ。予は生まれついての性急じゃ。いつまで待てど暮らせど埒《らち》あかず、余りに歯痒《はがゆ》う存ずるままに、この上は使など遣わすこと無用と、予が直々に催促にまいった。おのれ何ゆえに細工を怠りおるか。仔細《しさい》を言え、仔細を申せ」

将軍の声は癇癖《かんぺき》にふるえていた。夜叉王はうやうやしく手をついて答えた。

「御立腹じゅうじゅう恐れ入りましてござりまする。勿体なくも征夷大将軍源氏の棟梁の生けるお姿を彫《きざ》めとあるは、職のほまれ、身の面目、いかでかなおざりに存じましょうや。未熟の夜叉王をお見出《みいだ》しにあずかりまして、修禅寺の御座所へ召されましたは、確かに当三月の末でござりました」

「それ、それを存じておるならば、それより幾日か、指折っても知るることじゃ。成らぬものならば成らぬと、そのとき真っ直ぐになぜ言わぬ。頼家はたしかに頼んだ。おのれも確かに受け合《あば》うたを忘れたか」

源氏の将軍が不意にこの破ら家をおどろかした仔細はわかった。彼は自分の顔に似せた木彫りのおもてを夜叉王に誂《あつら》えたのである。わたしが今まで見せられて来た順序によると、夜叉王の姉娘が桂川の上流で頼家に偶然行き逢った春の日のゆうぐれに、娘の父は修禅寺へ召されたのである。美しい娘の父と知って、頼家は俄に彼を召したのか。あるいは前からその心があったところへ、あたかもその娘に出逢ったのが動機となって、性急《せいきゅう》の彼はすぐにその父を召す気になったのか。まぼろしの世界ではそれについて詳しい説明を与えてくれないが、おそらく後の方ではあるまいかと、わたしは自分勝手に解釈してしまった。

いずれにしても、その誂えの面はまだ出来していないのである。それに対する夜叉王の申し訳はこうであった。

「御用をうけたまわってもはや小半年《こはんとし》、未熟ながらも腕限り根《こん》かぎりに夜昼となく打ちましても、意にかなうほどのものひとつも作りあげることが出来ませぬ。さらに打ち替え作り替えて、心ならずも延引に延引を重ねましたる次第、なにとぞお察しくださりませ」

それを察しるような相手ではないらしかった。殊に堪忍袋のもう切れているらしい彼は、そんなひと通りの申し訳を耳に入れそうもなかった。頼家は嵩《かさ》にかかって叱りつけた。

「ええ、催促の都度《つど》に同じことを……。その申し訳は聞き飽いたぞ」

「この上はただ延引とのみでは相済むまい。いつの頃までには必ず出来いたすか。

あらかじめ期日を定めてお詫び申したらどうじゃな」と、景安はそばから取りなし顔に言った。

その期日は申し上げられませぬと、夜叉王は憚《はばか》る色もなしに答えた。面を作るとひと口に言っても、左の手に鑿《のみ》をもち、右の手に槌《つち》を持ちさえすれば、それで無造作に出来るという訳のものではない。番匠《ばんじょう》が家を作り、塔を組むにも、それ相当の苦心がある。ましてこれは生きたものを作るのである。ただの粗木《あらき》を削って、男や女《おうな》や天人夜叉《てんにんやしゃ》羅刹《せつ》のたぐい、六道《りくどう》のちまたに有りとあらゆる善悪邪正《じゃしょう》のおもてに、生きた魂を打ち込むのである。それがいつでも容易《たやす》く出来るものではない。作人の五体にみなぎる精力《せいりき》が左右の腕《かいな》におのずからあつまる時、わが魂は流れるように彼にかよって、初めてここにその面が作られるのである。ただしその時の来るのは半月の後か、ひと月の後か、あるいは一年二年三年の後か、自分にも確かには判らないと言うのであった。

職人としての彼の申し条《じょう》は至当であった。少しも間違ってはいなかった。もともと期限を切って約束したのでない以上、彼の申し訳は立派に立ちそうなものであるが、場合が場合、相手が相手、とてもこのままで無事には済むまいと、景安もはらはらしているらしかった。とり分けて、案内に立って来た僧は気が気でないらしく、持っている燈籠を草の上に置いてひと膝ゆり出して来た。

「これ、これ、夜叉王どの、上様は御自身も仰せらるる通り、至って御性急におわしますぞ。いつまでも取り留めもないことを申し上げたら、御癇癖《ごかんぺき》はいよいよ募ろうほどに、こなたも職人冥利《みょうり》に、いつの頃までと日を限って、しかと御返事を申し上げるがよかろうぞ」

「じゃと言うて、出来ぬものはのう」と、夜叉王は顔をそむけて取り合わなかった。

「なんの、こなたの腕で出来ぬことがあろう」と、僧は強情な職人をすかすように言った。「面作師も多くある中で、伊豆の夜叉王といえば、京鎌倉にも聞こえたものじゃに……」

「それゆえに出来ぬというのじゃ」と、夜叉王は強い声で言った。「わしも伊豆の夜叉王といえば少しは人にも知られた者。たといお咎めを受きょうとも、おのれが心にかなわぬ細工を世に残すのは何ぼう無念じゃ」

無念という言葉がどう聞こえたのか、さっきから癇癖に身をふるわせて聴いていた頼家は、もう堪《たま》らぬと言うように相手を睨んだ。

「なに、無念じゃと……。さらば如何なる祟りを受きょうとも、早急《さっきゅう》には出来ぬと申すか」

「恐れながら早急には……」

夜叉王の返事は変わらなかった。彼は白い鬢《びん》の毛ひと筋も動かさないでじっとしていた。

頼家はもう何にも言わないで、その手を景安のささげている太刀にかけたと思うと、彼は奪うようにそれを引き取って、すぐに抜こうとした。その一刹那《いっせつな》である。わたしの見識《みし》っている女の白い顔が奥から現われた。

「しばらくお待ち下さりませ」と、桂はするすると走って来て、身を楯にして父をかばった。

「ええ、退《の》け、退け」と、頼家は起ったままで叱り付けた。

「まずお鎮まり下さりませ」と、桂は手をあわせた。「面《おもて》はただいま献上いたしまする」

哮《たけ》り立っていた頼家もすこし張り合い抜けがしたらしかった。景安も僧と顔をみあわせた。しかし頼家の顔色はなかなか解けなかった。

「おのれ前後不揃いのことを申し立てて、予を欺《あざむ》こうでな」

「いえ、いえ、いつわりは申し上げませぬ」

問題の面は確かに出来《しゅったい》していると桂は言い切った。

彼女は父にむかって、もうこの上は仕方がないから、昨夜ようよう出来したあの面をいっそ献上したらよかろうと勧めた。夜叉王は黙っていた。僧はそれを聞いて、自分の命が救われたように喜んだ。

「それがよい、それがよい。こなたも凡夫《ぼんぷ》じゃ。名も惜しかろうが、命も惜しかろう。出来した面があるならば早う上様《うえさま》にさしあげて、お慈悲を願うが上分別《じょうふんべつ》じゃぞ」

その親切らしい勧告を、夜叉王は憤然として投げ返した。

「命が惜しいか、名が惜しいか。こなた衆の知ったことでない。黙っておいやれ」

「さりとて、これが見ていらりょうか。人を救うは出家の役じゃ。さあ、娘御。その面というのを持って来て、ともかくも御覧に入れたがよいぞ。早う、早う」

僧はもう父を相手にしないで、娘に催促した。

桂はすぐに起って細工場へ入って、一つの白木の箱をかかえ出して来た。彼女は恐れ気もなく頼家の前に進んで、うやうやしくその箱をささげる時に、二人の眼は出会った。頼家は無言で箱の蓋をあけると、その中からは木彫りの仮面《めん》があらわれた。頼家は磨《と》ぎあげた鏡にむかった時と同じような心持で、しばらくうっとりと自分の面に対《むか》い合っているらしかったが、やがて感嘆の長い吐息を洩らした。

「おお、見事じゃ。よう打ったぞ」

「ほう、上様おん顔に生《い》き写《うつ》しじゃ」と、景安も伸び上がって覗きながら思わず声をあげた。

僧もしたり顔にうなずいた。

「さればこそ言わぬことか。それほどの物が出来していながら、とかく渋っていられたは、夜叉王どのも気の知れぬ男じゃ。ははははは」

安心と得意とを一つに集めたように、僧は貴人《あてびと》の前で高らかに笑った。頼家も満足の眼をかがやかして、いつまでも飽かずにその面を見つめていると、その面の作人は形をあらためて言った。

「何分にも心にかなわぬ細工、人には見せまいと存じましたが、かく相成っては致し方もござりませぬ。方々にはその面を何と御覧なされまする」

「さすがは夜叉王。あっぱれのものじゃ。頼家も満足に思うぞ」

今までの怒りの色はどこへか消えて、源氏の将軍は小児《こども》のように笑った。それが夜叉王には嬉しくないらしかった。

「あっぱれとの御賞美は憚りながら御めがね違いで、それは夜叉王が一生の不出来。よう御覧《ごろう》じませ。面は死んでおりまする」と、彼は悲しむように言った。「年来あまた打ったる面は、生きているようじゃと人も言い、おのれもいささか許して居りましたが、不思議なことにはこのたびの面に限って、幾たび打ち返しても生きたる色なく、いずれも魂の宿らぬ死人の相。それは世にある人の面ではござりませぬ。死人の面でござりまする」

老いたる職人の悲しみは誰にも理解されないらしかった。頼家も景安もただ黙って聴いているばかりであった。将軍の御機嫌が折角直りかかった所へ、またぞろつまらないことを言い出されては面倒だと思ったらしく、僧は一方をおさえつけて早くこの場を切り揚げようとした。

「これ、これ、そのような不吉なことは申さぬものじゃ。何であろうと御意《ぎょい》にかなえばそれで重畳《ちょうじょう》。ありがたくお礼を申されい」

「むむ。とにもかくにもこの面は頼家の意にかなうた。持ち帰るぞ」

「たって御所望《ごしょもう》とござりますれば……」と、夜叉王は力なげに言った。

「おお、所望じゃ。それ」

頼家は頤《あご》で指図すると、桂はその仮面《めん》をもとの箱に納めて、謹んで将軍の前にささげる時に、一種の媚《こび》を含んだ彼女の眼は再び将軍の眼と出会った。欲の深い将軍は仮面のほかに、もう一つ生きた土産を持って帰る気になったらしかった。

「なお重ねてあるじに所望がある。この娘を予が手もとに召し仕いとう存ずるが、奉公さする心はないか」

この註文に対しては、老いたる職人は案外にすなおであった。

「ありがたい御意にござりまするが、これは親の口から何とも御返事は申し上げられませぬ。本人の心任せに……」

その尾に付いて、桂は待ち設けていたように進み出た。

「父《とと》さま。どうぞわたしを御奉公にあげて下さりませ」

「愛《う》い奴じゃ。奉公を望むと申すか」と、頼家は笑《え》ましげに言った。さらばこれよりその面をささげて、頼家の供してまいれ」

「かしこまりました」

この約束は将軍と娘との対談で無造作に決まってしまった。頼家が起《た》つと、景安も起った。桂も仮面の箱をかかえて起った。さっきから息をのみこんでこの場の成り行きを見つめていた妹の楓は、出てゆく姉の袂をそっと曳き止めた。

「姉さま。おまえは御奉公に行かしゃりますか」

不安らしい妹にひきかえて、姉のいきいきした顔には若い女の誇りが満ちていた。

「おまえは夢のような望みじゃと、いつもわたしを笑うていたが、その夢のような望みが今かのうた」

差しあたっては何とも言い返すことの出来ない妹に、姉は冷ややかな笑みをくれて、しずかにわが家の門《かど》を出ると、外はもう暮れ切っていた。足元の暗い頼家は草の根につまずいて少しよろめいたのを、桂は駈け寄ってうしろから抱えるように押さえた。そうして、先に立ってゆく僧に声をかけた。

「燈火《あかし》をこれへ」

僧は燈籠を桂に渡して、彼女の手から仮面の箱をうけ取った。桂はその燈籠をかざして、頼家とならんでゆくと、軽く揺れる灯のひかりは門端《かどばた》の草の葉を薄白《うすじろ》く照らして、将軍と女と、僧と家来と、四つの影は一つの灯を包んで行った。と思うと、家のなかでは物に驚かされたような女の声がきこえた。

「あれ、父さま。なんとなさる。お前は物に狂われたか」

声を立てたのは楓であった。彼女のおどろくのも無理はなかった。父の夜叉王は細工場から槌を持ち出して来て、壁にかけてあるかの羅刹や野干の仮面を手あたり次第に引き摺りおろして、片端から打ち砕こうとしているのであった。娘の一生懸命の力でしがみ付かれて、振りあげた父の手もすぐには打ちおろすことが出来なくなったが、彼は堪えやらぬ憤怒《ふんぬ》と悔恨とに身を悶えながら、ほのおのような大息をついた。

「切端《せっぱ》つまって是非におよばず、つたなき細工を献上したは、悔んでも返らぬ我が不運じゃ。あのような面が将軍家のおん手に渡って、これぞ伊豆の住人夜叉王が作と宝物帳にも記《しる》されて、百千年の後までも笑いを残さば、一生の名折れ、末《まつ》代《だい》の恥辱、しょせん夜叉王の名はすたった。職人もきょうかぎりで、再び槌は持つまいぞ」

またふり上げようとする父の腕に、娘は必死となって取りすがった。

「さりとは短気でござりましょう。いかなる名人上手でも細工の出来不出来は時の運で、一生のうちに一度でもあっぱれ名作が出来たらば、それが即ち名人上手ではござりませぬか。拙《つたな》い細工を世に出したをさほどに無念に思われたら、これからいよいよ精を出して、世をも人をも驚かすほどの立派な面を作ってくだされ。恥を恥として職人をやむるか、恥を忍んで恥を雪《すす》ぐか、よくよく御分別なされませ」

父の血を引いているという娘だけに、彼女はこの場合にも職人のゆくべき途《みち》を忘れなかった。彼女は泣いて父を諫《いさ》めた。わが子が意見の涙で燃え立つ胸の火もさすがに衰えたらしく、父は壁によりかかって深い思案の眼を閉じた。

山家の秋の宵は露の中にしっとりと湿《しめ》って、どこやらで里のわらべの笛を吹く声が遠くきこえた。

六

まぼろしの世界はいつかまた変わった。

石の多い山川のほとりである。かなりに瀬の早い流れは石と石とに堰《せ》かれて、小さい渦を巻いているのもある、石の上をおどり越えてむせび落ちて行くのもある。その水の光を宵月が薄明るく照らしている。低い岸のくずれかかったところには長い薄《すすき》も伸びている。蘆《あし》の葉も茂っている。岸と岸との間には狭い板橋が渡されて、橋の向こうには大きい寺の山門の甍《いらか》が夜露に光って高く聳《そび》えている。この川が桂川で、大きい寺が修禅寺であることをわたしはすぐに覚った。

薄の葉がくれに秋の蛍のような燈籠《とうろう》の灯が一つ、迷うようにぼんやりと小さく浮かび出して、二つの人影が次第にこちらへ近づいて来た。一人は頼家であった。ほかの一人は桂であった。桂は片手に燈籠をさげていた。二人は水の音に送られながら川下の方へ辿って来た。

「月はまだ出ぬか」と、頼家は東の山の端《は》を振り仰いだ。「川原づたいに夜行けば、薄にまじる蘆の根に、水の声、虫の声、山家の秋はまたひとしおの風情《ふぜい》じゃのう」

「馴れてさほどにも覚えませぬが、鎌倉山の星月夜とは違いまして、伊豆の山家の秋の夜はさぞお寂しゅうござりましょう」と、桂は慰めるように言った。

頼家はさびしく笑った。

「鎌倉山の星月夜……それがなんで懐かしかろうぞ。鎌倉は天下《てんが》の覇府《はふ》、大小名の屋敷が甍《いらか》をならべて綺羅《きら》をきそえど、それはうわべの栄えに過ぎぬ。裏はおそろしき罪のちまた、悪魔の巣じゃ。まことの人間の住むべき所でない。鎌倉などへは夢も通わぬ」

外戚には虐《しいた》げられ、家来には侮られ、将軍職は逐われ、一人の子は焼き殺され、最愛の側女《そばめ》は途《みち》に斃《たお》れる。禍《わざわ》いという禍いに祟られ尽くした頼家の眼から観たらば、歌によむ鎌倉山の星月夜も決して懐かしいものではあるまい。むしろその名を聞くさえも呪わしい心持がするに相違あるまい。まったく人間の住むべきところではないと思っているのであろう、彼の述懐に偽《いつわ》りはないらしかった。

桂は彼の不運に同情すると共に、それから湧き出して来た自分の幸運を喜ぶように囁《ささや》いた。

「鎌倉山に時めいておわしませば、上様《うえさま》は申すまでもない日本一の将軍家、山家育ちのわたくしどもは下司《げす》やお婢女《はした》にもお使いなされまいに、恐れながら上様の御果報つたないがわたくしの果報でござりました。世のつねならばお目見得《めみえ》も許されまいわたくしが、忘れもせぬこの三月、窟詣《いわやもう》での下向路《げこうみち》で直々にありがたいお詞《ことば》を賜りました」

「おお、そうじゃ。そうであった」と、頼家はほほえんだ。「その時にそちの名をたずねたらば、川の名と同じ桂と言うたのう」

まだそればかりではないと桂は言った。かの窟の川上にはふた本の桂の立木があって、その根から清水を噴き出して末は修禅寺へ流れ落ちるので、川の名を桂といい、その樹を女夫《めおと》の桂と呼び伝えていることを自分が説明した時に、お前さまはなんと仰せられたと、彼女は思いありげに頼家にきいた。頼家も思い出したようにまたほほえんだ。

「おお、予も、たしかに覚えている。非情の草木にも女夫はある。人にも女夫はありそうなと……」

　笑いながらも頼家の声は寂しかった。痛々しい若狭の局の最期《いまわ》の顔が、再び彼の眼さきをかすめて過ぎたらしかった。

「おたわむれかは存じませぬが……」と、桂は少し怨むように言った。

　そのお詞が冥加《みようが》に余って、この願《がん》が必ず成就《じようじゆ》するように、自分はそれから怠らずに窟へ日参していると、女夫の桂には果たしてしるしがあって、ゆくえも知れない水の流れも今夜という今夜、思い通りの嬉しい逢う瀬に流れ寄ったのである。自分は仏の恵みを感謝しなければならない。あわせてお前さまの御恩をも感謝しなければならない。仏は自分の誠心《まごころ》を享《う》けてくれるに相違ないが、お前さまはどうであろうか。それが心もとなく思われてならないと、彼女はどうしても源氏の将軍を蠱惑《こわく》しなければやまないと言うように、あらん限りの媚《こび》を男の前にささげた。

　頼家の心はもう彼女の手につかまれてしまったらしかった。

「運のつたない頼家の身近う参るが、それほどに嬉しいか」

　彼は燈籠の灯に照らされた女の白い顔を今更のように眺めていた。草にひざまずいている女の膝には薄の青い葉が折れてもつれて、露の多い草の奥には名も知れないいろいろの虫が思い思いに恋を歌っていた。静かな初秋の宵である。その虫の声々が水のように頼家の胸に沁み透って、彼は静かな、しかも涙ぐまれるような寂しい心持になったらしい、おもむろに狩衣《かりぎぬ》の袖をかき合わせながらしんみりと語り出した。

「のう、桂。そちも世の噂で大方は存じておろう。予には比企判官能員の娘で若狭の局という側女があったが、この修禅寺へ伴われて来る途中で、不憫《ふびん》や病に斃《たお》れてしもうた。それも鎌倉の仇どものなす業《わざ》じゃと、一時は狂うばかりに胸を燃《もや》したが、日を経るに連れてその恨みもしだいに薄れた。いや、薄れたのでない。それも逃れぬ宿世《すくせ》の業《ごう》じゃと心弱くも諦めて、きょうまで寂しい月日を送っていたのじゃ。察してくれ。この修禅寺は温かい湯の湧くところじゃで、温かい人の情けも湧こう。今から後は不運な頼家の友となって、この堪えがたい寂しさを慰めてくれ。ついてはそちが二代の側女、名はそのままに若狭と言え」

「あの、わたくしが二代の若狭……若狭の局……。局と名乗っても苦しゅうござりませぬか」

「頼家の側に仕うるからは、若狭の局と人も言おう。われが名乗っても仔細《しさい》はあるまい」

「ありがとうございまする」

伊豆の職人の娘が一足飛《いっそく》びに若狭の局――それが桂という女の虚栄心を満足させたに相違ない。彼女はその額髪《ひたいがみ》を露草の上にすり付けて、うやうやしくお礼を申し上げた。

虫の声が吹き消したように俄にやんだ。頼家の眉は動いた。

「人が参ったような。心つけい」

燈籠の弱い灯を目あてに、草を踏んで忍ぶように近寄った一人の武士があった。彼は三十余歳であろう、侍烏帽子の緒を堅く締めて、直垂に籠手《こて》脛当《すねあて》を着けていた。彼は坂東なまりの太い濁った声で言った。

「上《うえ》、これに御座《ござ》遊ばされましたか」

「誰じゃ」

桂のかざした燈籠のひかりで、頬家は頬髭のいかめしい彼の面付《つらつき》を睨むようにすかして見た。

「金窪行親《かなくぼゆきちか》でござりまする」

「おお、兵衛《ひょうえ》か」と、頼家の眼はいよいよ神経質らしく輝いて来た。「鎌倉表より何しにまいった」

「北条殿のおん使に……」

「なに、北条の使……。さてはこの頼家を討とうがためな」

相手の眼の色が嶮《けわ》しくなるのをそっと窺いながら、鎌倉武士はしずかに答えた。

「これは存じも寄らぬこと。御機嫌伺いとして行親参上、ほかに仔細もございりませぬ」

「言うな、兵衛。籠手脛当に身を固めて夜中《やちゅう》の参入は、察するところ、北条の密意をうけて予を不意討ちにするたくみであろうが……」と、頼家はまた叱った。

それに対して、行親は神妙らしく弁解した。世の中がこの頃ようよう鎮まったと言っても、平家の余党がほろび尽くしたと言うわけでもない。かつは箱根から西の山路には盗賊どもが徘徊《はいかい》するという噂もある。それらの用心のためにかように扮装《いでた》っているので、決してほかにたくらみも仔細もない。ただいま当地に到着して、すぐに修禅寺に参入すると、上様にはお留守ということであった。家来の身として悠々とお帰りを待ち受けているのも失礼であると考えたので、お出迎いながらここまで尋ねてまいったのである。上様に対して不意討ちの、待ち伏せのとは、実に飛んでもないことで、仮りにもさようのお疑いを蒙《こうむ》るのは近頃心外の儀であると言った。

彼の言い訳にも一応の理屈はあった。この時代の武士の旅に籠手脛当ぐらいはさのみ珍しいことでもなかった。しかし彼がなんと陳《ちん》じても、北条の使――それが第一に頼家の気に入らなかった。源氏の外戚でも縁者《えんじゃ》でも、頼家からいえば北条は憎い仇である。頼家の身に降りかかって来たもろもろの禍いは、みな北条の奴ばらのたくみである。その北条の見舞などを受ける覚えがない。受けても嬉しくない。むしろ腹が立つのであった。

「たといいかように陳ずるとも、北条の使などに対面無用じゃ。使の口上聞くには及ばぬ。帰れ、帰れ」

相手の権幕があまりに激しいので、ひと癖あるらしい鎌倉武士ももう取り付く島がなかった。彼はよんどころなく起とうとして、自分に燈籠を差し付けている若い美しい女の顔にふと眼をつけた。

「この女子《おなご》は……」

「予が召し仕えの女子じゃよ」と、頼家はうるさそうに言った。

行親は仔細らしく眉を寄せた。

「おん慎しみの折柄に、素姓《すじょう》も得知《えし》れぬ賤《いや》しい女子どもをお側近う召されましたは……」

　彼が桂を賤しいと言ったのは、その貧しげな服装から判断したのであろうが、それがひどく桂の自尊心を傷つけたらしい、彼女は堪えかねたように行親の前に出た。

「金窪殿とやら、兵衛殿とやら。お身は卜者《うらや》か人相見か。初見参《ういげんざん》の妾《わらわ》に対して、素姓の賤しい女子などと迂闊に物を申されな。妾はみやこの生まれ、母はお宮仕えも致したもの。ましてただいま上様お側へ召出《めしいだ》されて、若狭の局とも名乗る身に、一応の会釈もせいで……。あまつさえ無礼の雑言《ぞうごん》は、鎌倉武士と言うにも似ぬ、さりとは作法《さほう》をわきまえぬお人よのう」

　行親はわざとらしい驚きの表情を見せた。

「なに、若狭の局……。して、それは誰に許された」

「おお、予が許した」と、頼家は引き取って言った。

「北条殿にも謀《はか》らせたまわず……」と、行親は詰《なじ》るように将軍の顔をみあげた。

　頼家の癇癖はまたもや爆発したらしい、彼は足もとの草の葉を踏みにじって哮《たけ》った。

「北条が何じゃ。おのれらはふた口目には北条と言う。北条がそれほどに尊いか。時政も義時も予の家来じゃぞ」

行親は強情に押し返した。

「さりとて尼御台もおわしますに……」

北条は家来分にしても、尼御台の政子は確かに将軍の生みの母である。以前はともあれ、現在の幽閉の身の上で、頼家がみだりに家来や侍女《こしもと》を召し抱えることは許されないはずである。一応は鎌倉に申し立ててその許可を受けなければならない。それを楯にして行親は何かひと詮議しようと言う下心《したごころ》であるらしかったが、頼家は頭から取り合おうともしなかった。

「ええ、くどい奴。おのれらの指図を受きょうか。退《さが》れ、さがれ」

「左様におむずかり遊ばされては、行親申し上ぐべきようもござりませぬ。仰せにまかせて今宵はこのまま退散、明朝あらためて伺候の上……」

「いや、かさねて来ること相成らぬ。若狭、まいれ」

頼家はもう見返りもしないで、桂と一緒にあるき出した。橋を渡ってだんだんに小さくなる燈籠の灯のかげを、行親は黙って見送っていると、風もないのにうしろの草叢《くさむら》がざわざわと揺れて、蛇のように薄の間から這い出して来た者があった。狐のように木のかげから跳り出した者があった。人数は五、六人で、いずれも腹巻に籠手脛当を着けて、手には長巻《ながまき》を持っているのもあった。

「先刻より忍んで相待ち申したに、なんの合図もござりませせねば……」と、先に立った一人が小声で言った。

「さすがは上様じゃ。早くもそれと覚られて、なかなか油断を見せられぬ」と、行親は残念そうに言った。「この上は修禅寺の御座所へ寄せかけ、多人数一度に乱入《こみい》って本意を遂ぎょうぞ。上様は早業の達人、近習の者どもには手練《てだれ》がある。小勢《こぜい》と侮りて不覚を取るな。場所は狭し、夜いくさじゃ。うろたえて同士打ちすな」

暗殺者の一隊は薄や蘆《あし》をくぐって、その黒い姿をかくした。薄い月はいつか隠れて、夜の川原は水の明かりでほの白いばかりであった。

将軍の運命と同じように、この悲劇のフィルムも急転してゆく。それを見つめているわたしの眼は、その忙しさに少し疲れて来た。

ここは修禅寺の湯殿らしい。暗いなかにも湯の匂いがみなぎって、石風呂の底から白い湯煙《ゆげ》が濛々《もうもう》とあがっている。うす寒い秋の夜風が板戸の隙間から洩れて来た。その風をいといながら一人の若侍が紙燭《しそく》を持って先に立って来ると、その後から頼家と桂が来た。桂は頼家の帷子《かたびら》を両手にささげていた。そのうしろには景安が太刀を持ってついていた。

頼家が湯殿へ二尺ばかり踏み込んだ時である。さっきから附きまとっていた黒い影がどこからかばらばらと飛び出して来た。家来の持っている紙燭はすぐに叩き落とされてしまった。あたりは真っ暗で、わたしにはもうなんにも見えなくなった。

七

修禅寺では早鐘《はやがね》を撞《つ》き出した。なにか変事が起こったに相違ない。わが家の竹縁に一人でつくねんと腰をかけているのは夜叉王である。虫の声を聞いているのか、鐘の音を聞いているのか、それとも何か考えているのか、わたしには想像がつかなかった。

夜露を蹴散らすような草履の音が忙《せわ》しくきこえて、楓が息を切って外から駈けこんで来た。彼女は倒れるように父のそばに腰をおろした。

「父さま。夜討じゃ」

「夜討か」と、夜叉王も思わず向き直った。

「敵は誰やらわからぬが、人数はおよそ七、八十人、修禅寺の御座所へ夜討をかけましたぞ」

「ほう、修禅寺へ夜討とは……、平家の残党か、鎌倉の討っ手か。とにもかくにも大変じゃのう」

「ほんに大変でござります。春彦どのはきのうから三島詣でに出てまだ戻らず。何としたことでござりましょう」

　落ち着かない娘を諭すように、夜叉王は静かに言った。

「はて、われわれがうろうろと立ち騒いだとて何の役にも立つまい。ただその成り行きを眺めているばかりじゃ。まさかの時には父子《おやこ》が手をひいてここを立ち退くまでのことで、平家が勝とうが、源氏が勝とうが、北条が勝とうが、われわれには何にも係り合いのないことじゃ」

「それじゃと言うて、不意のいくさに姉さまはなんとなさりょう。もし逃げ迷うて過失《あやまち》でも……」

「いや、それも時の運で是非もない。姉にはまた、姉の覚悟があろうよ」

　娘は父のように落ち着いてはいられないらしかった。彼女の魂をおびやかすような早鐘の音に追い立てられて、楓はまたすぐに起《た》ち上がって門口《かどぐち》に出た。遠近《おちこち》の暗い木立では、寝鳥《ねとり》の驚いて騒ぐ羽音がきこえた。

「娘よ。そこらにうろうろしていて、流れ矢などに中《あた》ってはならぬ。内に引っ込んでいやれ」と、夜叉王は内から声をかけた。

呼ばれて楓はおとなしく内へはいると、やがて表にはまた急《いそ》がしい足音がきこえて、春彦がつかつかとはいって来た。彼は今あたかも三島から戻って来たのであろう。待ちかねていた楓は夫に取りすがった。

「おお、よいところへ戻ってくだされた。修禅寺には夜討が掛かって……」

「ここへ来る途中で村の人たちからあらましの様子は聞いた」と、春彦はうなずいた。

「寄手《よせて》は北条方じゃと言うぞ」

「して、姉さまの安否は知れませぬか」と、楓はまたきいた。

「姉が何とした」

「さっき上様のお供して修禅寺へ……」

「それは思いもつかぬことじゃ。が、姉はさておいて、上様の御安否すらもまだ判らぬ。小勢ながらも近習の衆が火花を散らして追ッつ返しつ、今が合戦の最中じゃ」と、春彦は川向うから遠目に窺った夜討の様子を忙しそうに話した。

夜叉王は嘆息した。

「何をいうにも多勢《たぜい》に無勢《ぶぜい》じゃ。御所方とても鬼神ではあるまいに、勝負は大方知れている。とても逃れぬ御運の末じゃ。叔父御の蒲殿《かばどの》と言い、当上様といい、どうした因縁かこの修禅寺は、土の底まで源氏の血が沁《し》みるのう」

彼はそのまま細工場へはいってしまった。

「いつぞや蒲の殿様御最期の時には、お寺へ火をかけられたとやら。今夜はどうであろうかのう」と、楓は夫にささやいた。

「さあ、それも判らぬ。すべてが判らぬ」と、春彦も嘆息した。「神詣でとは言いながら、二日ほども仕事を休んだれば、あすからは精を出さねばなるまいぞ。今夜のうちに小刀《さすが》を研《と》いでおこうよ」

彼も舅のあとを追うように細工場へ姿をかくした。

楓はまたそっと門《かど》に出ると、月はすっかり隠れてしまって、大きい闇が修禅寺の村を掩っていた。その暗いなかに人の足音がきこえたので、彼女は何とはなしにぎょっとして内へ引き返すと、足音はここの門口へ来て停まって、枝折戸を押し破るように倒れかかった者があった。楓はまた一種の不安に襲われて、ぬき足をして再び門口を窺うと、倒れた人は苦しそうにあえいでいた。

「どなたでござります」と、楓は怖々に声をかけた。

「おお、妹……。父さまはどこにじゃ」

それが姉の桂であると知ったので、楓はあわてて表へ駈け出した。

「姉さまか。どうなされた」

桂は返事をしなかった。その苦しそうな息づかいがいよいよ妹の不安を誘い起こしたので、楓はすぐに内へ引き返して、父と夫とを呼び出して来た。

春彦は倒れている女を抱え起こして、ともかくも縁先までたすけ入れると、楓は細工場から燈台を持ち出した。その黄いろい灯に照らされた桂の姿は異様であった。彼女は帷子の上に直垂を羽織って、片手には仮面《めん》を持っていた。片手には長巻を杖にしていた。

「おお、娘。無事に戻ったか」と、夜叉王も縁先に出て行った。

「上様お風呂を召さるる折柄、鎌倉勢が不意の夜討……」と、桂は土に横たわりながら言った。「味方は少人数、必死に闘う……。女でこそあれこの桂も、御奉公始めの御奉公納めに、この面をつけてお身代りと早速《さそく》に分別して……。夜の暗いを幸いに打ち物をとって庭に降りて、左金吾頼家これにありと呼ばわりながら走《は》せいだすと、群がる敵は夜目遠目《よめとおめ》にまことの上様ぞと心得て、撃ちもらさじと追っかくる……」

「さては上様お身代りと相成って、この面にて敵をあざむき、ここまで斬り抜けてまいったか」

夜叉王は庭に降りて、娘の手から仮面《めん》を取りあげた。

桂の手は血に染みていた。仮面のひたいには、なまなましい血のあとが飛沫《しぶ》いたようにそそがれていた。夜叉王は縁に腰を落として、黙ってその仮面を見つめていた。

よく見ると、桂の姿は世にむごたらしいものであった。彼女がおどろに振りかむっている黒髪の間からも生血《なまち》がべっとりと滲《にじ》み出していた。眉のはずれから小鬢へかけても同じく紅《べに》を浮かばせていた。春彦はちぎれかかった直垂の袖をまくり上げて見ると、彼女は肩にも腕にも胸のあたりにも幾カ所の深手《ふかで》を負っているらしい、薄いかたびらは一面の血に浸《ひた》されていた。この血だらけの痛いたしい女をどう取り扱っていいか、春彦も実に手の着けようがないらしかった。

これではしょせん助からないと覚悟したらしく、楓は泣いて姉を抱えあげた。

「さりとは浅ましい、むごたらしい。姉さま、死んで下さりまするな」と、彼女は呼び活《い》けるように姉にささやいた。

「いや、いや、死んでも憾《うら》みはない」と、桂はみだれた髪を掻きあげながら言った。

「この草の家で五十年百年生きたとてなんとなろう。たとい半晌一晌でも将軍家のおそばに召しいだされ、若狭の局という名をも賜るからは、これで出世の望みもかのうた。死んでもわたしは本望じゃ」

夜叉王は石のように黙っていた。彼の眼はいつまでも仮面の上に吸い付いていた。桂は言うだけのことを言って、その顔を妹の膝の上に押し付けてしまった。おそろしい沈黙はしばらくつづいて、桂のかすかな息の声と庭にすだく虫の声とが、かえって秋の夜の静寂を添えるようにも聞こえた。と思うと、その沈黙を破るように、また一つの幻影が闇の中からゆるぎ出して来た。それはさっきも見た修禅寺の僧で、その頭《かしら》を袈裟に包んでいた。

「大変じゃ、大変じゃ。隠《かく》もうてくだされ」

転げるように内へ駈け込んだ彼は、足もとに横たわっている半死半生の女につまずいてまた驚いた。

「やや、ここにも手負《ておい》が……。おお、桂どの……。こなたもか」

「して、上様は……」と、桂は顔をふりあげてきいた。

彼女の身代りが無効であったらしいことは、わたしも前から察していたが、僧もやはり同じことを報告した。上様ばかりでなく、近習の者共もみな斬死《きりじに》したと言った。桂はそれぎりでまた倒れてしまった。

「これ、姉さま。心を確かに……のう、父さま。姉さまがもう死にまするぞ」と、楓は自分の膝から滑り落ちようとする姉を抱えながら、悲しげに父を呼んだ。

夜叉王の眼は初めて仮面《めん》を離れた。彼の眼は歓びに輝いていた。

「姉は死ぬるか。姉も定めて本望であろう。父もまた本望じゃ。幾たびか打ち直してもこの面《おもて》に、死相のありありと見えたのは、わが技の拙いのでない、鈍いのでない。源氏の将軍頼家卿がこうなるべき御運とは、今という今になって初めて覚った。神ほとけならでは知ろし召されぬ人の運命が、まずわが作にあらわれたは、自然の感応と言おうか、自然の妙と言おうか、技芸神《しん》に入るとはまことにこの事であろうよ。伊豆の夜叉王は我ながら日本一じゃ、天下一じゃのう」

父は肩をゆすり上げて誇るように笑った。桂も苦しい息でこころよげに笑った。

「わたしも職人の娘でない。日本一の将軍家に召されたお局さまじゃ。死んでも思い残すことはない。この上はちっとも早う上様のおあとを慕うて、未来の御奉公……。父さま……どなたにももうお別れじゃ」

妹の膝から再び滑り落ちようとする娘の腕を、父はぐっとつかんで引き起こした。

「やれ、娘。若い女子《おなご》の断末魔《だんまつま》のおもてを後の手本に父が写して置きたい。苦痛を堪えてしばらく待ってくれ」

彼は春彦に指図して、細工場から硯や紙を運ばせた。

「娘。顔をみせい」

娘にはもう苦痛もないらしかった。彼女は妹夫婦にたすけられて、縁のそばへしずかに這い寄って来ると、老いたる職人は筆を執って一心にその顔を写し始めた。うす暗い燈台の灯はまっすぐに燃えて、夜叉王の荘厳《そうごん》な顔を神のように照らした。

修禅寺の僧は口のうちで仏名《ぶつみょう》を唱えた。


まぼろしの世界はここで消えてしまった。明るい日の下には頼家の墓が横たわっている。墓の柱には、かのお神籤《みくじ》の箱がかかっている。眼の下には湯の町の煙が白く流れている。わたしは暗い心持で宿へ帰るのが例であった。

くどくも言う通り、これまで書いて来たのはすべてまぼろしの世界の出来事で、あたかも活動写真をながめるのと同じように、観る人間と観られる人物とのあいだには何の交渉を見いだすことも出来ない。こっちは黙って観ているのである。先方は勝手に動いているのである。それでもたった一度、ある夜の夢に夜叉王に逢った。

「君は随分ひどいじゃないか。いくら芸術家だって、現在の娘が今死ぬという場合に、平気でその顔を写生しているのは……」と、わたしは言った。

老いたる職人はなんにも返事をしなかった。しかし、彼は嘲《あざけ》るような眼をして、わたしをじろりと見た。

幻の将軍

火坂雅志

火坂雅志（ひさか・まさし）

1956年、新潟県生まれ。早稲田大学卒業後、出版社勤務を経て88年に『花月秘拳行』で作家デビュー。1999年に発表した『全宗』が吉川英治文学新人賞候補となり注目される。2007年に上杉景勝の家臣、直江兼続の生涯を描いた『天地人』で第13回中山義秀文学賞を受賞し、2009年にNHK大河ドラマの原作となる。2015年逝去。

幻の将軍：源頼朝の猶子であり、京都守護職も務めた平賀朝雅が牧氏の変を起こすに至った過程と決断を描く。

一

「お帰りなさいませ」

耳の底に粘りつくような湿り気をおびた声が、釈迦堂《しゃかどう》ヶ谷《やつ》の屋敷にもどった平《ひら》賀《が》朝雅《ともまさ》を出迎えた。

「これは義母上《ははうえ》、またいらしておられたのですか」

やや皮肉を込めた朝雅の視線を、

「泰子《やすこ》のことが心配でならぬのです。何しろ、まだ年端《としは》もゆかぬ娘でございましょう。あなたさまのもとへ嫁にやったと分かっていても、ついつい、顔を見たくなってしまうのですよ」

牧《まき》ノ方《かた》のうるんだような瞳が、下から見上げるように受け止めた。

（やれやれ……）

と、朝雅は思う。

源家一門の平賀朝雅が、北条時政とその若い後妻、牧ノ方のあいだに生まれた娘を妻にしたのは、つい半年前、建仁《けんにん》三年（一二〇三）の正月のことである。

朝雅の義父となった北条時政は、鎌倉幕府の最高実力者であった。ゆえに、時政の娘を妻に迎えたのは、朝雅にとっても悪い話ではない。いや、むしろ、北条氏と結びつくことにより、鎌倉政権内での自分の立場は、はなはだ有利になったといっていい。

（しかし……）

この結婚によって、朝雅に頭痛の種ができた。

妻の母親の牧ノ方の存在である。

妻の泰子は、朝雅より十歳年下の十四だった。さほど美しいというわけでもなく、都ぶりの和歌や管弦の教養を身につけているわけでもなく、ただひたすらおっとりとした人形のような妻である。

それに比べ、母の牧ノ方のほうは、父親ほども年の離れた北条時政を、持ち前の若さと美貌と才気で籠絡《ろうらく》し、その後妻におさまったというだけあって、娘婿《むすめむこ》の朝雅の目から見ても、迫力のある凄艶《せいえん》な容色の持ち主だった。

もっとも若いといっても、時政と結婚してからすでに二十数年経っているわけだから、年齢は四十歳をいくつか過ぎていよう。

にもかかわらず、牧ノ方の肌は若い娘のようにみずみずしく張りつめ、ぬめぬめとした赤い唇は男心をまどわす妖しい蠱惑《こわく》に満ちていた。

朝雅が困ったのは、この美しすぎる義母が、名越《なごえ》の北条屋敷から、毎日のように、釈迦堂ヶ谷の朝雅の屋敷に押しかけて来ることである。ただ押しかけて来るだけならまだいいが、娘に代わって朝から晩まで朝雅の世話を焼き、夫婦の夜のいとなみにまで口を出してくるのには、正直いって、朝雅もまいった。

「婿どの。何ぶんにもあの子はまだ初心《うぶ》なのですから、夫婦《めおと》のことはひたすら優しゅう、薄紙《うすがみ》を一枚一枚剝《は》ぐように、ゆるゆるとなさらねばなりませぬ」

牧ノ方は、やや太り肉《じし》の白くつやつやした顔に、妖艶きわまりない微笑を浮かべながら言うのである。

「ほほ……。とは申しても、婿どのはまだお若い。時政どののように優しくなされよというのは、無理な話でありましょうな」

と、朝雅の腕に自分のやわらかい手を重ね、上目づかいで見つめるときの牧ノ方はぞっとするほど艶《なま》めかしい。

そんなとき、朝雅は相手が義母であることも忘れ、思わず頭がくらくらしそうになる。

たしかに牧ノ方の言うとおり、妻の泰子は夜のいとなみにおいても、まだまだ子供といっていい。夫としての朝雅の行為にはなかなかなじめず母親に泣きつくのであろうが、舅《しゅうと》の時政とくらべられて小言を言われては、朝雅にはいい迷惑である。

(放っておいてくれ……)

と、言ってしまいたい。

だが、相手が鎌倉幕府の重鎮《じゅうちん》、北条時政の奥方だけに、朝雅としてもあからさまに文句を言うわけにはいかなかった。

朝雅が下手に出ているためか、それとも、すでに老境にさしかかった時政との暮らしに飽き飽きしているせいか、牧ノ方は朝雅の屋敷に入りびたり、わが家のごとく領《りょう》している。

「のう、朝雅どの。そなたは、尼御台《あまみだい》政子どののことをどう思われます」

今日も今日とて、馬の遠駆けで疲れている朝雅の袖をとらえ、声をひそめて噂話をはじめた。

「どうと申されましても……」

「相手が、尼御台だからといって、遠慮することはないのですよ。私にとって、政子どのは義理の娘です」

尼御台政子とは、北条時政の先妻の娘で、初代鎌倉将軍源頼朝の妻となった北条政子のことである。政子は、夫の頼朝が落馬事故がもとで世を去ると、息子の二代将軍頼家を補佐して、尼御台と呼ばれるようになっていた。

牧ノ方から見れば、政子は義理の娘にあたるわけだが、年もちょうど同じくらい、加えてどちらも気が強く、むかしから反《そ》りが合わなかった。

牧ノ方も政子を嫌っているが、一方、政子のほうでも自分と年の変わらない継《まま》母《はは》など、嬉しくはない。

「先日、鶴岡《つるがおか》八幡宮の若宮《わかみや》の前ですれ違ったときも、政子どのは私に対して会釈もしなかったのですよ」

「それはきっと、尼御台さまが義母上にお気がつかれなかったのです」

「そうでしょうか」

「そうですとも。いかに尼御台さまとはいえ、義理の母であるあなたさまに対し、わざと非礼をなさるはずがございませぬ」

朝雅はとりなすように言った。

どうせ、二人の女のつまらぬ意地の張り合いだと分かっている。余計なことを言ってことを荒立てるより、ここは穏便《おんびん》に牧ノ方をなだめておいたほうがよい。

「だいたい、あの政子どのというのは、若いころから気性が激しく、女らしいところがひとつもありませんでした。頼朝どの亡きあと、武者どもにまじってまつりごとに口を出しているのも、あまりに慎《つつし》みがないとは思われませぬか」

「はあ」

「朝雅どの、はっきりおっしゃいなさい。政子どのと私と、どちらが美しいとお考えですか」

牧ノ方が、黒目がちの瞳で、朝雅をじっと見つめた。

(話がとんでもないほうへそれてしまったな……)

と、思いながらも、朝雅は牧ノ方の妖艶な色気に引きずられそうになる。

「む、むろん、義母上のほうにござります」

「ほんとうに、そうお思いですか」

「はい」

「やはり、朝雅どのは私の見込んだとおりの婿どのじゃ」

牧ノ方はにっこりと笑った。どうやら、朝雅に腹立ちの種《たね》を話して、胸がすっきりしたようである。

牧ノ方が朝雅の屋敷に入り浸るのは、わが娘かわいさというより、何でも自分の言い分を聞いてくれる婿の朝雅を、ことのほか気に入っているからかもしれない。

「朝雅どの」

「何でしょうか、義母上」

「あなたもよくよく文武の鍛錬に励んでおくことです。いつどんな幸運がやって来ぬものとも限りませぬゆえ」

「幸運とは……」

「ほほ。たとえば、この鎌倉に大乱が起き、いまの二代将軍頼家どのに万が一のことがあったとき、あなたが鎌倉将軍になるということもあり得るのですよ」

「私が将軍に……」

朝雅には夢のような、それこそ雲をつかむような遠い話であった。

二

平賀武蔵守《むさしのかみ》朝雅は、まごうかたなき清和源氏の一門である。

そもそも朝雅の平賀氏は、新羅《しんら》三郎義光《さぶろうよしみつ》の四男盛義《もりよし》が、信濃国平賀郷（現、長野県佐久《さく》市平賀）を領したのにはじまる。

新羅三郎義光は、

――心なき者
と、いわれたほどの冷酷非情な武者で、同時に武芸の達人でもあった。その子孫は諸国で栄え、佐竹《さたけ》、南部《なんぶ》、小笠原《おがさわら》、新田《にった》、武田《たけだ》といった、後世にまで名を残す勇猛な武門の名族を輩出した。

平賀氏も、勇猛果敢なことではおさおさ他氏におとらない。初代盛義の子の義信《よしのぶ》は、去る平治の乱のとき、源家嫡流の源義朝の麾下《きか》にあって、敗走する源氏軍のしんがりをつとめ、平家軍の真っただなかへ斬り込んで暴れまわった剛の者である。

朝雅は、その義信の四男にあたる。

荒々しい平賀氏の家風のなかで育った朝雅は、乗馬、弓箭《きゆうぜん》、刀術、早業《はやわざ》にすぐれ、先祖新羅三郎義光の再来ではないかとまでいわれた。

北条時政は、武勇にひいでた若武者朝雅に目をかけ、

「あれこそまことの源氏武者じゃ」

と、牧ノ方とのあいだに生まれた末娘の泰子を嫁がせたのである。

時政はかつて、まだ流人《るにん》だったころの源頼朝に長女の政子を嫁がせ、その頼朝が平家打倒の兵を挙げて鎌倉将軍となっただけに、人を見る目には自信を持っていた。

「源氏の棟梁たる者は、鬼をもひしぐほどの気概がなくてはならぬ。しかるに、どうじゃ。政子の生んだ二代将軍頼家は蹴鞠に狂い、弟の千幡《せんまん》（実朝《さねとも》）は京の公家のように和歌ばかり詠み散らしておる。これでは、鎌倉幕府の行くすえが案じられる」

と、牧ノ方が時政の口まねをして、朝雅に語って聞かせた。

「だからこそ、時政さまはあなたに期待しておられます。坂東《ばんどう》武者を束ねることのできるのは、朝雅どのよりほかにないと仰せられて……」

牧ノ方も、先妻の娘の政子を嫌うあまり、政子の子の頼家や千幡に対抗できる血筋の朝雅に肩入れしている。

もっとも、朝雅自身はといえば、

（何をばかな……）

と、思っている。

源氏の本宗家でもない自分が将軍になるなど、よほどのことがないかぎり、まずあり得ない話だった。二代将軍頼家には、六歳になる嫡男の一幡《いちまん》をはじめ、公暁《くぎょう》、千寿、禅暁《ぜんぎょう》という四人の男子がいる。その将軍の息子たちを差し置いて、傍系の源氏にすぎない自分が将軍になれるはずがない。

（舅どのは、おかしなことを申される）

と思い、あいかわらず、妖艶すぎる妻の母親の闖入《ちんにゅう》に頭を悩ませる日々を送っていた。

ところが、運命は朝雅自身が思いもよらなかった、奇妙な方向へと転がっていくのである——。

夏の盛りになって、鎌倉じゅうに容易ならざる噂が広まった。

「頼家さまが、将軍をおやめになるそうじゃ」

「やめてどうされる？」

「俗世を離れ、伊豆の山中にでも隠棲《いんせい》したいとお洩《も》らしになっておられるとか」

「将軍家は、まだ二十二の若さであらせられるぞ」

「しかし、母上の尼御台政子さまが、将軍家を嫌うておられ、弟君の千幡さまのほうを将軍にしたいとお望みらしい。頼家さまは、母上の冷たいお心を恨み、世を捨てたいなどと言い出されたのではないか……」

噂は、ほぼ事実であった。

尼御台政子は、じっさいに我が子の将軍頼家を嫌っていた。というのも、頼家は政子が腹を痛めた実の子でありながら、自分の手元で育てることができず、頼朝の有力御家人のひとり、比企能員《ひきよしかず》の館で育てられたからである。

ために、長男頼家と、母政子との関係は薄くなり、乳母一族の比企氏が後見人として幅をきかせるようになっていた。

その点、頼家の弟の千幡のほうは、政子の妹である阿波局《あわのつぼね》が乳母につき、実家の北条館で育てられたわけだから、政子にしても同じ息子でありながら可愛さが違う。

尼御台政子と将軍頼家の対立の背後には、北条氏と比企氏という有力御家人どうしの対立があった。

建仁三年九月二日——。

北条時政は鎌倉比企ヶ谷の比企氏の館を攻め、比企一族を滅ぼした。頼家は将軍の位を追われ、伊豆の修禅寺へ幽閉された——。

「あなたさまは、いつ将軍家におなりあそばしますのでしょうか」

比企氏の乱が終わってから半月後、妻の泰子が閨《ねや》の床《とこ》で、朝雅にとんでもないことを言い出した。

　泰子はまだ、成熟した女というわけではないが、母親の牧ノ方の仕込みもあってか、めっきり床上手になっている。近ごろでは、朝雅も妻の花の蕾《つぼみ》が開きはじめたような初々しい体に満足し、ときに、泰子と母親の牧ノ方の熟した肢体を頭のなかで重ね合わせて、異様な喜びに浸ることがあった。

「わしが将軍になるとはどういうことじゃ。おかしなことを申すでない」

　朝雅はにわかに興が冷め、愛撫していた妻の胸から手を離した。

「おかしなことではありませぬ。母上が申されておりました」

「義母上が何を……」

「朝雅どのは、ゆくゆく鎌倉将軍になるお方。そなたの生む子は、将軍家の跡取りになるのだから、せいぜいよい男子をたくさん儲《もう》けなされと」

「そなた、そのような烏滸《おこ》な話、わし以外の者に口外したわけではあるまいな」

「わたくしは申しませぬが、母上は……」

「わしが将軍になると言い触らしておられるのか」

「はい。朝雅どのは、初代将軍頼朝公の猶子《ゆうし》にあらせられます。朝雅どのが将軍になっても、誰に後ろ指をさされることもないと、屋敷の者どもをつかまえてはおっしゃっておられます」

「困ったお方じゃ」

朝雅は憮然《ぶぜん》とした。

たしかに、朝雅は初代将軍頼朝の猶子になっている。生前、頼朝は、平賀家の当主義信の長年の忠節にむくいるため、その息子である朝雅と猶子の縁組を結んで一族の結びつきを深めようとしたのだった。猶子は「猶《なお》子の如し」の意味で、養子に準じる関係である。

ただし、それはそれだけのことで、頼朝は朝雅を自分の跡取りに据えようとしたわけではない。

（二代頼家どののあとの三代将軍は、元服して名乗りも実朝とあらためられた千幡どのが継いだというに、義母上はいったい何を考えておられるのだ……）

尼御台政子や北条氏と対立して身を滅ぼした二代将軍頼家の例もある。立場が将軍家に近ければ近いだけ、いっそう身をつつしみ、あらぬ疑いをかけられないように気をつけねばならなかった。

「よいか、泰子。わしが将軍になるなどと、二度と口にしてはならぬ。義母上にも、今度お会いしたときに、きつく口止めしておいてくれ」

朝雅は強い口調で言った。

三

翌日、いつものように朝から牧ノ方がやって来た。今日はいつにもまして一段と肌の色つやがいい。

「朝雅どの、このたびのご出世、祝着《しゅうちゃく》に存じます」

「出世とは、何のことでございます」

朝雅にはわけが分からない。

ふふ、と牧ノ方は目を細め、

「まだ内々に御沙汰《ごさた》があったばかりゆえ、ご存じないのも無理はありませぬ。お喜びなされ、朝雅どの。そなた、京都守護をおおせつかることになったのですよ」

「京都守護……」

朝雅はおどろいた。

幕府の京都守護といえば大任である。鎌倉に、武家政権ができたとはいえ、京の都には帝をいただく朝廷が厳然として存在する。京都守護は、その都の警固にあたり、幕府と朝廷とのパイプ役をつとめる、ことのほか重要な役職だった。

「さきごろの比企一族討伐のさいの、朝雅どのの勇猛な働きがみとめられたのです。武勇に長じたよい婿どのを持って、私も時政どのも鼻が高い」

と、牧ノ方は、まるで自分自身が出世したかのように、満面に喜色を浮かべた。

たしかに、牧ノ方の言うとおり、比企氏の乱では、朝雅は北条時政の娘婿として寄せ手の一員に加わり、奮戦した。だが、京都守護に抜擢されるほどの大功をあげたわけではない。それが、多くの源氏一門衆や有力御家人のなかから選ばれ、京都守護の大任をまかされようとは――。

(時政どのの計らいだな……)

朝雅もばかではない。

この人事の裏に、舅の北条時政の意志が働いていることは察しがついた。時政は、比企氏の乱鎮圧の戦功にことよせ、娘婿の朝雅を引き立てようとしているのだ。

近ごろ、時政は、先妻とのあいだに生まれた長男の義時《よしとき》や長女の政子と、何かにつけて対立することが多いと聞く。

いつまでもおのれが一族の長として力をふるいつづけようとする時政と、急速に力を伸ばしつつある先妻の子供たちのあいだで、世代間抗争ともいうべき深刻な争いが起きている。たんなる親子喧嘩ならまだいいが、そこに先妻の子らに敵意を持つ後妻の牧ノ方がからんでいるのだから、事態は複雑だった。

（わしは、時政どのと牧ノ方に利用されているだけかもしれぬ……）

時政と牧ノ方は、自分たちの強力な持ち駒とすべく、娘婿の朝雅を京都守護の要職につけたのではないか。

とは思ったが、やはり朝雅も男である。やり甲斐のある仕事を与えられて、嬉しくないはずがない。

「京都守護ともなれば、三、四年は鎌倉へもどれませぬな」

朝雅は言った。

「泰子はどういたしましょうか、義母上」

「あの子を京へ連れて行かれては、私が寂しい。泰子と二人、鎌倉でお帰りをお待ち申しております」

「はあ」

「どうか、京の都で立派におつとめを果たされてまいられますように」

牧ノ方は朝雅に向かって、あらたまったように居ずまいを正し、頭を下げた。

（そうか……。京へのぼれば、うるさい義母上からも解放されるのだ）

朝雅はそう考えただけで、京へのぼる日がいまから待ち遠しくなった。

平賀武蔵守朝雅が、家ノ子郎党三百名をひきいて京へ向かったのは、その年の十月三日のことである。

『吾妻鏡』には、

――武蔵守朝雅京都警固のため上洛す。西国《さいごく》に所領のある輩《やから》は、伴党として在京せしむべき旨《むね》、御書をめぐらさる。

と、書かれている。

朝雅自身の手勢だけでは京都守護には足りないため、西国に所領のある佐々木氏、五条氏らの御家人に、人数を出すよう幕府から命令が下されたのだった。

朝雅は十月なかば、京へ入った。

入るとすぐに仙洞《せんとう》御所へ出向き、後鳥羽《ごとば》院（後白河院の孫）と対面した。

後鳥羽院は二十四歳。朝雅と同い年である。わずか四歳で天皇になった後鳥羽院は、早くも十九歳で帝位を我が子にゆずり、より自由な立場の上皇《じょうこう》となって院政をしいていた。

上皇は和歌、蹴鞠、管弦、囲碁《いご》、双六《すごろく》のほか、ことに武芸を好み、相撲、水練、競馬、流鏑馬《やぶさめ》、犬追物《いぬおうもの》、笠懸《かさがけ》などをたしなんだ。

武芸好きの後鳥羽院は、朝雅が武勇で名高い新羅三郎義光四代の子孫であると聞き、いたく興味を持ったようである。

「そなた、新羅三郎が末孫だそうだが、早業《はやわざ》はできるか」

「はッ」

烏帽子《えぼし》水干姿《すいかん》の朝雅は、緊張しながら答えた。

早業とは、敏捷な動きで相手を倒す中世の体術である。

古書に、

——兵法《ひようほう》（剣術）、早業
と書かれるのがそれで、のちの柔術《じゆうじゆつ》や拳法にあたる。朝雅の先祖、新羅三郎は、領地の近江甲賀軍柏木郷《かしわぎ》に住む甲賀者より早業を学んでいた。

「わず隋身《ずいじん》に秦公次《はたのきんつぐ》なる強力《ごうりき》の者がおるが、これと組み合って倒すこと如何《いか》に」

「早業を使えば、容易にございます」

「されば、御所の南庭にて、いますぐやってみせよ」

後鳥羽院は、思い立ったらすぐに実行せねば気がすまぬたちらしく、早くも厚畳の御座《ぎよざ》から立ち上がった。

四半刻後《しはんときご》、朝雅は白砂のしかれた御所の南庭に召し出された。

広庇《ひろびさし》から、後鳥羽院をはじめ院の近臣の公卿たちが、物見高そうな顔で見守っている。いかに朝雅が幕府から遣わされた京都守護とはいえ、院や公卿たちにとっては、たんなる坂東からやって来た荒夷《あらえびす》にすぎないのである。

（こいつら、わしを見世物にして座興の種にしようとしているな……）

朝雅は唇を嚙んだ。

やがて、西の切馬道からあらわれた秦公次なる隋身は、六尺をはかるかに越える大男であった。肩の肉が瘤《こぶ》のように盛り上がり、首も太い。

よほど腕に自信があるのか、赤銅《しゃくどう》色の顔に不敵な薄笑いを浮かべていた。

葛袴《くずばかま》の裾《すそ》を腰紐にはさんで股立《ももだ》ちを取り、朝雅は水干《すいかん》の袖をまくり上げた。

（負けるわけにはゆかぬ）

朝雅にも鎌倉武士の意地がある。ここで負ければ、朝廷の公卿たちは、鎌倉の武士もたいしたことはないと嘲《あざけ》り笑うであろう。公卿どもに最初からなめられては、京都守護のつとめがやりにくくなる。

朝雅は秦公次と向かい合い、手と手を組み合った。はじめに互いの手を取るのは、当時の試合の習いである。

「参ろうぞッ！」

と、秦公次が声を上げた。

とたん、ぐっと手首を返し、ぐいぐいと締め上げてくる。

（恐ろしい馬鹿力だ……）

腕の骨がきしみそうになった。このまま締め上げられては、腕が折れてしまう。

（離れたほうがいい）

と思った朝雅は、すばやく右足を跳ね上げ、相手の膝の横を蹴った。

がくんと秦公次が体勢を崩す。

相手の力がゆるんだ隙に、朝雅は組み合った手をほどいて後ろへ下がった。

赤銅色の顔をますます赤くした秦公次が、喉の奥から雄叫《おたけ》びを上げ、両手を前へ突き出してつかみかかってくる。

（いまだッ！）

相手のふところへ身を低くして飛び込みざま、朝雅は水月《みぞおち》を拳で突き上げた。

「うッ……」

とうめき、棒立ちになった秦公次の腕をつかみ、足を払って南庭の白砂の上にねじ伏せる。

相手の腕を逆にきめたまま、朝雅は片手で腰の短刀を抜き、切っ先を首筋に突きつけた。

「ま、まいったア！」

刃物を突きつけられた秦公次が、情けない声を上げた。誰の目にも、朝雅の勝利は明らかである。

広庇にいた公卿たちがどっと湧き、勝者の朝雅にやんやの喝采《かっさい》を送るのを見て、朝雅は短刀を鞘《さや》におさめ、するすると後ろへ下がって庭に片膝をついた。

「みごとであったぞ、武蔵守」

見物の後鳥羽院はあざやかな朝雅の技に、すこぶる上機嫌になり、褒美に被物《かずけもの》を取らせようぞと言って、後ろに控えていた近臣に何事かささやいた。

四

後鳥羽院から朝雅に下された褒美の品は、女であった。

御所の女房で〝御差《おさし》〟という役職をつとめていた女だという。

「御差とは何だ」

朝雅は、守護所に仕える京生まれの家司《けいし》にたずねた。

「主上や院が厠《かわや》（便所）へ渡らせられるとき、灯明《とうみょう》皿を手にささげ、先導つかまつる女房にござります」

「つまり、厠への案内役か」

「はい」

「それはまた、臭そうな役目の女房だな」

御差を与えるとの御沙汰は承《うけたまわ》ったものの、まだ肝心の女の顔をおがんでいない朝雅は、気がすすまない。

「何を罰《ばち》当たりなことを申されます」

家司は色をなした。

「御差は、女蔵人《にょくろうど》の下席にはござりますが、諸大夫や四位《しい》の家柄の娘しかなれぬ要職にございます。しかも、厠では主上や院と直答《じきとう》を許されるという、もったいないお役目です。大事になさらねば、神罰が下りましょう」

「しかし、厠の女房とは……」

朝雅は気がすすまないまま、六波羅の守護所での雑務を片付け、京での住まいとして借り受けた六角東洞院《ひがしのとういん》邸に入った。

六角東洞院邸には、仙洞御所から遣わされた御差の女房が待っていた。

(院の厠番とは、どのような女か)

たいした期待も持たずに対面した朝雅は、つと顔を上げたその女を見て、思わず手足の先が震えそうになった。

(美しい……)

そこにいたのは、朝雅が生まれてこのかた見たこともない、天女のように﨟《ろう》たけた女人であった。肌が、血の色が透けて見えそうなほど白く、濡れるような黒髪が床にまで長くこぼれている。

朝雅はこれまで、義母の牧ノ方を美しいと思っていたが、目の前の美女に比べれば、露を含んだ白萩《しらはぎ》と枯れはじめた尾花《おばな》ほどの差があった。

「そなた、名は何と申す」

朝雅はうわずった声で聞いた。

「早蕨《さわらび》にございます」

と、かぼそく答える声が、また何ともいえずたわたわと美しい。無遠慮に物を言うがさつな板東の女とは、まったく別の生き物のようである。

「早蕨か……。雅《みや》びなよき名だ」

朝雅は、ついさっきまで、女を厠番とあなどっていたことなど忘れ、噛みしめるように女の名をつぶやいた。

よくよく話を聞いてみると、早蕨は公家の唐橋《からはし》家の出であるという。唐橋家は、右大臣菅原道真《みちざね》の流れを引く学問の家として知られ、多くのすぐれた学者を輩出していた。

(なるほど、これはただの厠番の女ではない……)

院からの被物《かずけもの》をあだやおろそかにはできぬと、朝雅はあらためて思い知らされた。と同時に、これほどの美女を厠番に召し使っている京の朝廷というものに、朝雅は目もくらむばかりの羨望を感じた。

早業の勝負においては院の随身に勝ったが、朝雅は院から下された女を一目見たとたん、都の底知れぬ文化の奥深さの前に膝を屈してしまったといってもいい。

「早蕨」

と、朝雅は女の前に片膝をつき、手を取った。

「わしはそなたが気に入った。終生、大切にいたすゆえ、そなたもわしを二無《にな》き者と思うてくれ」

「しかし、武蔵守さまには、鎌倉に立派な奥方さまがおられましょう」

早蕨が目を伏せ、弱々しげに言う。

「あのような田舎《いなか》びた女」

朝雅は吐き捨て、

「そなたの美しさには比べるべくもないわ。わしはそなたに出会うため、京へのぼって来たような気がする」

「嬉しいことをおおせられます」

「よいな、早蕨」

「あ……」

性急に肩を抱き、床に押し倒そうとする朝雅の行為を、女はあらがうでもなく、されるがままに受け止めた。

（おお、都の女は、何とやわらかい体をしておることよ……）

朝雅はめくるめく思いで、女の唇を吸い、幾重にも重ね着した五衣《いつつぎぬ》の奥に手を差し入れた。

「こんな明るいところでは、嫌……。どうか、塗籠《ぬりごめ》のなかへお連れ下さい」

早蕨が、眉根にかすかな皺《しわ》を寄せながら訴える。塗籠とは、壁や天井を漆喰《しっくい》で塗りかためた寝室である。

「分かった」

朝雅は女の体をかるがると抱え上げ、塗籠へ連れて行った。

暗闇のなかで、朝雅は女の衣を脱がせ、行為におよんだ。

だが、無我夢中で女を抱きながら、途中で、

――おや
と、首をひねった。

早蕨は、初めてではない。たしかに男を知っている。

(もしや、厠で院のお手がついたのでは……)

院の厠ともなれば、庶民のそれとはわけが違う。

広い部屋に畳がしかれ、用をたすための漆塗りの筥《はこ》がひとつ置かれているだけである。しかも、室内には、唐渡りの高価な香《こう》が馥郁《ふくいく》と炷《た》かれている。

そこで、あの精気に満ちあふれた後鳥羽院がむらむらときて、御差の早蕨を押し倒したということは十分に考えられる。

(この女の体を、わしの前に、院がさんざんに慰《なぐさ》んだのか)

と思うと、嫉妬で胸が煮えたぎりそうになったが、よくよく考えれば、みずからのお手付き女を与えるとは、院がそれだけ朝雅に好意を持ったあかしにほかな

らない。

（早蕨が、京でのわしの運を開いてくれるかもしれぬ……）

朝雅は、ふと思った。

五

伊勢、伊賀の両国で平家残党の反乱が起きたのは、翌年三月はじめのことである。平家一門は十九年前の壇ノ浦の合戦で滅んだが、諸国にはまだまだ残党が潜《ひそ》んでおり、燃え残りの燠火《おきび》のように、時々風にあおられては火の粉を散らした。

伊勢、伊賀の凶徒は、両国の守護をつとめる山内首藤刑部条《やまのうちすどうぎょうぶのじょう》経俊《つねとし》を追い出し、鈴鹿《すずか》ノ関《せき》をかためて、たちまち二ヵ国を虜領《りょりょう》した。

知らせは、京都守護の朝雅のもとへもたらされた。

京都守護は京都の治安だけでなく、畿内、中国地方など、西国の取り締まりもおこなわねばならない。

鎌倉の幕府へ急使を放ち、ただちに追討すべしとの命を受けた朝雅は、在京の御家人千余人をひきいて京を発した。

京から伊勢へ入る鈴鹿ノ関は、古来、攻めるに難《かた》い天険といわれたところである。朝雅は、真っ向から鈴鹿ノ関を衝《つ》くのはやめ、いったん東山道から美濃国へ出て、背後から伊勢へ攻め込む作戦を取った。

あわてたのは平家の反乱軍である。思わぬ方向から幕府の軍勢があらわれたため、足並みが乱れ、伊勢国を三日と支えきることができずに鎮圧された。

世に、

——三日平氏の乱

と呼ばれる事変である。

さらに、朝雅は伊賀に残る敵を掃討すべく、伊勢から伊賀へ入って、平家方の小土豪たちを攻め潰していった。

朝雅にとって、本格的な大合戦はこれがはじめてだった。だが、大将としての平賀朝雅の武名は、三日平氏の乱の平定によって一気に天下に鳴り響いた。

伊勢、伊賀両国の仕置を終えて京へ凱旋《がいせん》した朝雅を待っていたのは、彼の姿を一目見ようと集まって来たおびただしい数の群衆であった。朝雅は、わずか数日にして、京一の英雄になったのである。

朝雅の勝利を喜んだのは、京童《きょうわらべ》たちだけではない。仙洞御所の後鳥羽院も御感《ぎょかん》なのめならず、凱旋したその日のうちに、朝雅を御所へ呼び寄せて戦功をたたえた。

「あっぱれじゃ、武蔵守。さすがは新羅三郎義光が裔《すえ》。武士たる者は、汝《なんじ》のごとくあれかし」

「ははッ」

朝雅は院の御前で恐懼《きょうく》した。

「朕《ちん》は、最初から汝を見込んでおった。御差の女房を遣わしたのも、汝がほかの鎌倉武者とは異なり、ただの荒夷にはあらずと思ったからにほかならぬ」

「は……」

「汝のような者が武門の棟梁であれば、朕も鎌倉とうまく手をたずさえてやっていけるのだがのう」

後鳥羽院は本気とも冗談ともつかない口調で、つぶやくように言った。

（わしが武門の棟梁……）

後鳥羽院は、朝雅が武門の棟梁たる鎌倉将軍にふさわしいと言っているのであろうか。

三代将軍になった鎌倉の実朝は、まだわずか十三歳の少年。院は、国を統《す》べるのに実朝では頼りないと考え、代わりに自分を将軍にと言いたかったのであろうか。

——朝雅どのは、ゆくゆく鎌倉将軍になられるお方……。

かつて、鎌倉で義母の牧ノ方にさんざん聞かされた言葉が、現実感を持って、不意に朝雅の胸によみがえってきた。

(わしとて新羅三郎の血を引く源氏だ。和歌にしか能のない実朝よりも、武勇にひいでたわしのほうが鎌倉将軍にふさわしいかもしれぬ……)

朝雅の胸の底で、奇妙な黒い獣が育ちはじめ、時おり咆哮《ほうこう》を上げるようになったのは、このときからだといっていい。

乱の平定以来、都の公卿たちは手のひらを返したようにこぞって朝雅にすり寄って来た。用もないのに屋敷にやって来ては、

「武蔵守どのは武勇第一だった九郎判官《ほうがん》源義経どのの再来じゃ」

とか、

「どうかずっと京にいて、院やわれらの力になってたもれ」

と、甘い蜜のような言葉をささやいては帰っていく。

宴席にも、しばしば招かれた。

公卿たちは、山海の珍味を並べた宴《うたげ》の席に見目よき女をはべらせ、朝雅の歓心を、買おうとした。みな、朝雅がゆくゆく出世していくであろうことを、よく承知しているのである。

朝雅はいい気持ちになった。京の都は自分に合っていると思った。京へのぼってから、いいことづくめである。

（やはり、早蕨のおかげか……）

朝雅は院から与えられた女をますます鍾愛《しょうあい》し、野望をふくらませていった。

その年の夏――。

朝雅は六角東洞院邸に珍客を迎えた。

鎌倉の牧ノ方が、熊野詣でにゆく途中だといって、何の前ぶれもなく上洛して来たのである。

「婿どの、お久しゅうございます。しばらくお会いせぬまに、すっかり武将として重みが出てまいられたような」

牧ノ方は、ややふっくらとしたようだった。

京へ来たときは、口うるさい義母と縁が切れてせいせいしたと思っていたが、こうしてしばらくぶりに対面してみると、懐かしさが胸に込み上げてくる。

「あいかわらず、義母上はお美しゅうございますな。まるで、お年を召されることをお忘れになったかのようでござる」

「まあ、朝雅どの。京へのぼられて、お口がうまくなられたようじゃの」

と檜扇《ひおうぎ》で口もとを押さえて笑いながらも、牧ノ方はまんざらでもなさそうである。

じっさい、お世辞などではなく、朝雅は牧ノ方のことを、

(これほど艶めいたお方だったか……)

と、あらためて見直す思いがした。

むろん、若さや可憐な美しさ、上品さにかけては、御所の女房だった早蕨のほうがはるかに上だが、目の前にあらわれた牧ノ方の熟れきった果実のような妖艶さはどうであろう。見ているだけで、こめかみが痺《しび》れそうな女の色気がある。

正直、朝雅はこのときはじめて、牧ノ方を妻の母親としてではなく、ひとりの女として強烈に意識した。

「泰子は連れて参られなかったのですか」

朝雅は、内心の動揺をつとめて押し隠すように聞いた。

「ええ。あの子は、長旅は苦手だと言ったものですから」

「義母上も、さぞお疲れでしょう」

「疲れました。婿どのに、腰でも揉んでいただければ嬉しいのですが」

「腰でございますか」

「そう」

都では飛ぶ鳥を落とす勢いの朝雅であるが、どうも義母の前に出ると、勝手が違う。昔の自分にもどって、何でも言いなりになってしまうのである。

牧ノ方が、薄べりの上にうつ伏せになった。

朝雅は義母が身にまとった藤色の袿《うちぎ》の上から、そっと腰を揉む。

「もっと強う、力を込めて揉んで下され」

「は……」

「そう、そこ。いえ、もう少し下」

牧ノ方はうつ伏せになったまま、朝雅にあれこれと指図をする。

朝雅の手に触れる牧ノ方の体は、たっぷりと脂が乗っている。若い女にはない色香が、揉むたびに匂い立ってきそうである。

朝雅は首筋にじんわりと汗をかいた。

(いかん、相手は義母上だ……)

と思っても、知らず知らずのうちに指は肌をまさぐり、女のぬくもりを感じ取っている。

「よい気持ちです」

牧ノ方は陶然とした表情で言った。

「もっと強くお揉みいたしましょうか」

朝雅が、尻のふくらみを撫でさすったとき、

「もう結構です」

牧ノ方がゆっくりと体を起こした。

朝雅は、熱くなった気持ちをはぐらかされたようで、目のやり場に困った。

「朝雅どの」

「はっ」

「実は、わたくしが今度上洛して来たのは、熊野詣でのためだけではありません」

「と、申されますと……」

「あなた、将軍におなりなさい。それを申し上げるために、わたくしは京へやって来たのです」

六

蜩《ひぐらし》が鳴いていた。

夏の終わりの夕暮れである。夕暮れになっても、暑さは去らず、風もなかった。

朝雅は縁側にすわり、臑《すね》や腕にとまる藪蚊《やぶか》をたたいていた。

牧ノ方は、朝雅の京屋敷に五日ほど滞在したあと、熊野詣でに行くと言って、昨日去っていった。

朝雅の脳裡《のうり》からは、牧ノ方の残していった言葉が離れない。

牧ノ方は、朝雅を鎌倉幕府の四代将軍にすえると明言した。

しかもそれは、

「わたくしのみならず、夫北条時政の考えでもあるのです」

と、言った。

「時政どのは、いまの将軍の実朝さまを廃し、娘婿のあなたを京から迎えて将軍にすえようと本気でお考えです」

「しかし、いまの将軍家は、舅どのには血のつながった実の孫にあたられる。それをわざわざ廃して、私を将軍に担ぎ上げようなどとは、いったい何ゆえ……」

「たしかに、実朝さまは時政どのの孫です」

と、牧ノ方は声ひそめ、

「時政どのの孫ではあるけれど、実朝さまは同時に、尼御台政子どのの手元に残されたたったひとりの息子でもあるのです」

「いったい何がおっしゃりたいのです、義母上」

「分かりませぬか、朝雅どの」

と、牧ノ方は燃えるような瞳でじっと朝雅を見つめていたが、やがて、尼御台政子とその弟の義時が、将軍実朝を押し立てて、老いた父の時政から幕府の実力者の地位を奪おうとはかっている事実《こと》を打ち明けた。

「ほう。鎌倉では、やはりそのようなことが……」

話を聞いても、朝雅はおどろかなかった。

舅の時政と、その先妻の子である政子や義時が対立していることは、以前から知っていた。まだ年端のゆかない孫の実朝をあやつり、いつまでも幕府の権力の中枢にあぐらをかいていたい時政と、一日も早く父親を隠居させ、自分たちが権力を握りたい政子、義時と――。

おそらく、娘や息子たちにじわじわと地位をおびやかされつつある時政は劣勢の挽回《ばんかい》をはかるため、最後の手段として、孫の将軍実朝を見捨てることにし、京にいる娘婿の朝雅の担ぎ出しを画策したに違いない。牧ノ方は、朝雅に決起をうながす使者として、鎌倉から京へやって来たのである。

（四代将軍か……）

かつての朝雅なら、事を起こすのを恐れ、牧ノ方に何を入れ智恵されても、ひたすら隠忍自重《いんにんじちょう》したところであろう。

だが、いまの朝雅は、鎌倉にいたころとはガラリと人が変わっていた。時政や牧ノ方が、自分を利用して、幕府の実権を握ろうとしているのは分かっている。それはそれでよい。

（ならば、わしのほうも、北条氏の内紛に乗じ、いまこそ立ち上がるべきではないのか……）

朝雅は思った。

京へのぼり、三日平氏の乱を平らげてから、朝雅はおのれの力に自信を持つようになっていた。

「将軍になります」

きっぱりと朝雅は言い切った。

時政や牧ノ方のためではない。おのれ自身の野心のためである。

「決断してくれましたか、婿どの。やれ、嬉しや」

と、牧ノ方は朝雅の胸に秘めた思いには、まったく気づくことなく、京を去っていった。

その年の秋から冬にかけて、名越の北条時政の屋敷と京都守護所のあいだを、秘密の使者が幾度となく往来した。

密書をかわすうちに、計略はしだいに煮つめられ、翌元久《げんきゅう》二年の春には、平賀朝雅と舅の北条時政、牧ノ方によるクーデター計画は、はっきりとした形をなしはじめた。

まず、将軍実朝を寺に押し込めて出家させる。これは、実朝が現に名越の時政の屋敷で暮らしているわけだから、問題なく実行に移すことができる。

むろん、義時、政子も黙ってはいまい。時政の屋敷を軍勢をもって囲み、謀叛《むほん》人《にん》として時政、牧ノ方を捕らえようとするに違いない。そこで、時政らは先手を打ち、実朝を出家させると同時に、鎌倉中の御家人に命令を発して名越の屋敷を守らせ、義時、政子を捕らえて伊豆の修禅寺へ幽閉する。

御家人のなかには、義時、政子によしみを通じ、時政のやり方に反撥する者もいるだろう。各地で小規模の反乱が起きることも、すでに織り込みずみである。

事態がそこに至ったところで、ようやく朝雅の出番となる。

京にいる朝雅は、すかさず、東国に大乱ありと後鳥羽院に言上し、征夷大将軍を拝命するのである。朝雅は、京畿《けいき》の兵をひきいて鎌倉へおもむき、時政に従わぬ御家人を鎮圧し、そのまま四代将軍として鎌倉に君臨する——というのが、朝雅らが立てた計略のあらましだった。

（これなら、うまくいく……）

朝雅には自信があった。

三日平氏の乱のときも、朝雅の計略は図に当たり、敵はまたたくまに朝雅の軍門に下ったではないか。しかも、今度は舅の時政が味方である。勝てぬはずがない。

朝雅は、戦う前から勝利の予感に酔いしれた。

計略の実行は、閏《うるう》七月二十二日と決まった。

決行の日が近づくにつれ、朝雅の胸は高鳴った。鎌倉将軍になり、板東武者に号令を発している自分の姿が瞼《まぶた》の裏にありありと浮かんだ。

(もうじき、わしは将軍だ)

自然に笑みがこぼれるのを押さえることができなかった。

だが――。

朝雅らの陰謀計画は、ついに実行に移されることはなかった。

決行の日に先立つことわずか三日前の十九日、時政らに謀叛の志ありと察知した義時、政子らが、時政の留守中、将軍実朝を名越の邸から奪い取ってしまったのである。

政子らは、実朝の身柄を確保したうえで、時政、牧ノ方に、

――将軍暗殺の企てあり
と、御家人たちへ触れを出した。

時政もあわてて巻き返しをはかったが、先に将軍を奪われてしまっては手の打ちようがなく、ついに出家に追い込まれ、牧ノ方ともども伊豆北条の地へ退隠させられた。

「平賀朝雅、誅《ちゅう》すべし」

との使者が、在京の御家人のもとへやって来たのは、陰謀が露見してから、わずか六日後のことである。

という。

『吾妻鏡』によれば、朝雅はこのとき、後鳥羽院の仙洞御所で囲碁を打っていた
知らせを聞いた朝雅は、少しも騒がず、落ち着いて対局を終えてから、

「関東より、誅罰《ちゆうばつ》の使者がやって参りました。もはや、逃げも隠れもできませぬ。どうか、お暇をたまわりとう存じます」

と、院に向かって言い残し、六角東洞院の屋敷へもどった。

屋敷を囲んだ討っ手の軍勢と戦うこと数刻、やがて屋敷は炎上。朝雅は、配下の郎党数騎とともに馬に乗って逃れ出たが、洛東松坂《まつざか》に至ったところで敵に追いつかれ、眉間に矢を受けて討ち死にした。

四代将軍は、ついに平賀朝雅の見果てぬ夢に終わった。

覇樹

永井路子

永井路子（ながい・みちこ）
1925年、東京市生まれ。東京女子大学卒業後、1949年に小学館に入社し、編集に携わりながら歴史小説を書く。1964年に『炎環』で第52回直木賞を受賞。1984年に菊池寛賞を受賞。1988年に『雲と風と』ほかで吉川英治文学賞を受賞。

覇樹：鎌倉幕府創成期の混乱を、のちに二代執権となる北条義時（四郎）の視点から描いた物語。

一

「四郎、四郎　はおらぬか」

父の北条時政が猪首《いくび》のめりこんだ肩を怒らせて四郎義時を呼ぶ。

「四郎、四郎はどこにいます」

姉の政子が呼ぶ。ひきしまった細面に険《けん》のある眉をよせて。

が、四郎はいない。父や姉が北条家一流の癇癖《かんぺき》をつのらせて彼を呼ぶとき、四郎はそこにいたためしはないのである。

そもそも旗揚げのときからそうだった。治承四年八月十七日、いよいよ韮山《にらやま》の山木の館をめざして出発というそのときも、四郎の姿が見えなくて、時政は、

「四郎、何をしている！」

大鎧の肩をゆすって焦立ったものだ。

もっともこのとき時政の機嫌の悪かったのは四郎のせいだけではなかった。一月も前から練りに練っていた旗揚げの計画が、その半歩も踏み出さないうちにすでに狂いはじめていたことが彼を焦立たせていたのである。

計画通りに行けば、この日の未明この北条を発って、平家の目代《もくだい》山木兼隆を血祭にあげ、そのまま一気に相模《さがみ》まで押出しているはずだった。そして今ごろは娘の婿源頼朝は一介の流人から源家の正統継承者に生れ変り、時政自身も四十三歳の生涯の転機をすでに超えているはずだった。

ところが、実際にはこの館から一歩も出ないうちに、むざむざ一日はすぎてしまった。貴重な一日を取逃した理由はただひとつ、手勢が余りにも少なすぎたからだ。必ず来ますと誓った佐々木源氏の四兄弟——定綱、経高、盛綱、高綱なども、とうとう前の晩になっても姿を見せずじまいだった。

「裏切られたか、さては」

頼朝の顔は蒼ざめていた。三十四歳の源家の嫡流にしては度胸のなさすぎるうろたえ方にも腹がたったが、時政にとっては、それよりも、やまをはずしてしまったことの方が手痛かった。

——時を逃がした。遅くなればなるほど悪い。いつ山木に覚られるやも知れぬ。が、迷いの出た頼朝が出発に踏みきれずにいるうち、いつか暁の奇襲の時機はすぎていた。

そして拭いようもない後悔と焦立ちの広まりかけた昼下り——汗まみれの佐々

木兄弟がくたびれた顔をみせたのはそんなときだった。聞けば出水に道を阻まれておくれたのだという。

「よし、今晩の月の出を待って夜討ちだ」

力強くそういったものの、内心時機を失したという思いは消えていない時政であった。

慌しく作戦計画を練直すうちに日は暮れた。篝火《かがりび》ひとつ焚かぬひっそりした陣立ち。薄闇の中で馬は首を垂れ、そのまわりを侍たちがのろのろと動きまわる。これで勝つ見込みはあるのだろうか……。

岡崎四郎義実。

土肥次郎実平。

漸く昇りかけた月の淡い光のなかに人影を確かめながら、時政は四郎のいないのに気がついた。

「四郎、四郎！」

縁に落ちはじめた蒼黒い月光を踏んで彼は何度か焦立たしげにその名を呼んだ。隈の濃い植込みのあたりから、のっそり人影が現れたのはその直後である。

「何とした四郎、遅すぎるぞ！」

黒い人影に時政は喚いた。

「は、用意は出来ております」

四郎は立ちどまり、ちらりと笑ったようだった。萌黄縅《もえぎおどし》の鎧に切斑《きりふ》の矢、黒漆の太刀を揺らせた姿にはたしかに隙はない。十八にしては大柄な四郎は装束を固めるとひどく精悍にみえた。

「早く兄の所へ行かぬか」

「は……」

「どこへ行っていたのだ」

「は、いや……」

言うなり長い臑《すね》はもう走り出していた。こんなところでは弁解無用だというふうに……。

実は、つい今しがたまで——。

四郎は頼朝の部屋の前に足音を忍ばせて立っていたのである。故意にではないが、表に急ごうと庭先を横切りかけた鼻先に、ひそやかな頼朝の声が聞えたからだ。

「よく来てくれた、礼を言うぞ……」

声は涙を帯びて震えていた。

「俺はそなたたちを信じていた……信じながらも裏切られたかとふと思ったりしたのは自分の不覚だった……許してくれ」

相手が佐々木兄弟であることは顔を見ないでもわかった。どうやら頼朝はその前で手もつきかねまじき様子である。縁に近づくと、鼻にかかった女性的な語調は更によく聞きとれた。

「今日の忠節、頼朝生涯忘れはせぬぞ」

「頼りになるのは、そなたたちだけなのだ」

「誰にも言っては困るが……」

「そなたたちにだけ打明けるのだが……」

が、庭先を離れた四郎の顔には大して驚きの表情も泛《うか》んではいなかった。頼朝の小細工は今日に始まったことではない。岡崎義実、加藤次景廉、宇佐見祐茂、これらの侍が来るごとに、さりげなく部屋に呼び入れ、お前だけが頼りだ、を繰返しているのを、こっそり立聞きしてしまっているからだ。

ふしぎなことだが、その女々しい言葉は、頼朝の口から出るとき、少しも卑屈には聞えず、むしろ聞く者の魂を捉えてしまうらしい。二十年の流謫《るたく》の中でも貴公子の風格を失わなかった頼朝——日頃おっとりと口数少い彼からまともにそう言われてしまうと、坂東の荒武者どもはどぎまぎし、相手を疑うことさえ忘れてしまうようだ。

が、これまで四郎は一度もそれを父には言っていない。言う必要はないのである。「真実、頼みにするのは……」を一番よく聞かされているのは時政自身なのだから……。

たしかに、四郎の目はいつもよく見えすぎ、耳はよく聞えすぎた。だから彼は余計無口になるのだろうか、するすると門前の侍の間を通りぬけると、黙って、兄の三郎宗時の後で黒鹿毛《かげ》の鞍に手をかけていた。

三郎はよく似た黒鹿毛の背から弟をふりかえると、少し道を譲るように馬を脇によせた。彼は父のようにおくれた弟を咎めはしなかった。

「落着けよ、四郎」

「はい」

「今夜は三島の祭礼だし、山木も油断していよう。なに、父上が御案じなさるほどのことはあるまい。うまくゆくだろう、きっと」

沈着で聡明な総領の三郎は、いちはやく父の胸の中を見ぬいていたらしい。彫りの深い顔をあげて韮山の方をみつめながら静かに言った。

「が、問題はそのあとだ。相模では大庭が動き始めたらしいからな。邪魔をされずに三浦党と合体できるかどうか……」

言いかけたとき、奥から黒い塊のように駆けて来た佐々木兄弟が慌しく陣列に加わった。昼の疲れはすっかり洗い落したひとつひとつの顔の、思いつめた瞳やきりりと結んだ口許を、ちらりと眺めただけで四郎は黙っていた。

出陣の準備はすべて整った。法螺《ほら》も鳴らさず、兵鼓も響かないひそやかな陣立ちではあったが、冷たい秋気にひきしめられて侍たちの瞳は徐々に燃え始めていた。夜の深さと静かさは、かえって人を野獣にするのだろうか、鎧のふれあうかすかな音は、谷を渡る夜のけものたちの歯嚙みに似ていた。


三郎宗時の予想にたがわず山木攻めはみごとに成功した。そのあと相模に押しだすと、これも三郎の予想にたがわず、大庭景親以下の平家被官の徒に行手を塞《ふさ》がれ、一党は無残な敗北を喫してしまった。そして北条時政にとって何よりの傷手《いたで》だったのは、この合戦で聡明な三郎を失ってしまったことだった。

石橋山の合戦に敗れたあと、時政と四郎は箱根に逃れたが、三郎は土肥山から桑原へ降り、早河の辺まで来たとき、大庭に組した伊東祐親の手勢に囲まれ、壮烈な討死を遂げたのである。

頼朝に従って身一つで安房へ逃れ、更にその意をうけて甲斐源氏に挙兵を促すために旅立った時政は、やがて平家軍と対決するべく甲斐勢と共に黄瀬川に着陣し、東海道を押し出して来た頼朝と二月ぶりの対面をした。

が、たった二月の間に驚くほど頼朝は変っていた。関東の豪族たちを帰属させ、鎌倉に新府を開いて武家の棟梁としての道を歩み始めていたとはいえ、これまでは二言めには、

「舅殿《しゅうと》には？」

と顔色を窺っていたのが、いやに勿体ぶって顎をしゃくって会釈をするではないか……しかもその身辺には三浦や千葉や上総などの一族が親衛隊づらをして居流れている。特に子沢山の千葉や三浦が精悍な面構えの若者たちをずらりと並べているのを見たときほど、三郎を失ったことの大きさが胸にこたえたことはなかった。

その時政に気づいてはいないのだろうか、頼朝は鎌倉に戻ると間もなく、和田

義盛を侍所の別当に任命した。義盛は三浦の支族、まだ三十をすぎたばかりの猪武者で、到底御家人全部を統轄し軍議を纏める侍所の別当という柄ではない。それを何の相談もなしに……と時政は不満だった。

もっとも義盛が侍所別当になったのには、ちょっとしたいきさつがある。惨憺たる敗け方をして、真鶴岬から一片の小舟で安房へ逃れたその直後、冷たい波しぶきをあびて歯の根も合わずにいる頼朝の前で、義盛は何を思ったのか突然言い出したのである。

「佐殿《すけどの》、今のうちにお願いしておくことがあります」

紺の鎧直垂をぐっしょり濡らしたまま、彼は至極真面目な口調でいった。

「もし大業成就《じょうじゅ》の暁には、佐殿、この義盛に侍奉行を仰せ付け頂きたい」

侍奉行に？　傍らの岡崎義実や土肥実平は、じろりと義盛を見た。

馬鹿ではないのか、この男……散々に打負けて死地を逃れ、やっとここまで来たとはいえ、房総の諸将の帰趨《きすう》もまだわからないのに、こいつは佐殿が天下をとるとでも思っているのか……。

が、義盛は大真面目である。

「是非ともお願いします。とにかく侍奉行というのは大したものですからな。上総忠清殿が東国の侍奉行だった時のことを私は憶えていますが……」

彼はあたりを見廻した。

「とにかく大したもんだった。俺は祖父御に連れられて御機嫌伺いに出たが、あっちからもこっちからも侍共が来るわ、来るわ。それらを忠清殿は顎で指図なさる。羨しかったなあ、俺は……」

ひどく正直な言い方に、あは、あは、あは……と誰かが堪《こら》えきれぬように笑いだした。

「それで貴公、俺たちを顎で指図しようというのか」

義盛は日焼けした顔に白い歯をのぞかせて三十すぎとは思えない無邪気な笑みを泛べた。

「いい気持だろうな、きっと……」

それから彼は前より更に真剣に頼朝に向って言った。

「佐殿いいですか、御願いしておきますぞ、侍奉行はこの義盛ですぞ」

「よしよし」

照れたように笑っている頼朝と、大真面目な義盛を見比べて、ひととき人々は笑いこけた。

たしかに義盛のひと言は、暫くの間人々に前途の不安を忘れさせた。

――が、それはそれだけのことだ。一時の座興にすぎない。義盛が本気でそう思っていたとしたら、あいつは大阿呆だし、それをまにうける佐殿も佐殿だ。

と、時政は苦りきった。そんなとき思い出されるのは亡き三郎のことだった。もし三郎さえ健在なら、和田や千葉などに大きな顔はさせないものを……。

その三郎のあとを埋めるにしては、四郎はどうも頼りない。頼朝の舅というだけでは不安定なので、時政はその直後から政子の妹たちを足利や畠山などの豪族に嫁にやってしきりに関東勢との結びつきを深めようとはしたが、こんな裏からの工作はたかが知れている。かんじんの四郎にもっとしっかりして貰わなければ困るのである。

四郎は決して勘の悪い方ではない。子供のときから、いたずらを見つけられても叱られる先にすうと姿を消してしまうような要領のいい所はあった。が次男坊で気ままに育ったせいか、人の頭に立って引張ってゆくという意欲がない。かといっておとなしく人についてゆくというのでもない。それどころか父の時政の言うことさえおいそれとは聞かないしぶとさもあった。

寿永元年十一月、例の頼朝の浮気——亀の前の一件のこじれから、時政が兵を纏めて伊豆に引揚げたときのことである。時政としても婿の浮気にそれほど本気で腹を立てたわけではなかったのだが、実はそのころ次第に言うことを聞かなくなって来た頼朝への嫌がらせのつもりで、わざと大げさな一芝居をうったのである。

物々しげな軍装で霜を踏んで鎌倉を後にしてから、ひそかに物見を出して探らせると、果せるかな鎌倉は大騒動になっていた。

——ざまを見ろ、頼朝め……。

にたりとして周囲を見廻したときである、時政が四郎のいないことに気づいたのは……。

「四郎はどうした、四郎は？」

「は？　若君でございますか」

言われて郎従たちは闇の中で顔を見合せた。

「はて、お館をお発ちになるときはたしかにお見かけしたように思いましたが……」

「いや、あの時は常の御直垂《ひたたれ》でござった。お召替えをされてあとからおいでになるおつもりでは？……」

――ちっ、仕方のないやつ。またしても……。

時政は遠くにちらと見える鎌倉と覚しき小さな灯を睨んで舌打ちした。

実はそのころ、四郎は頼朝に呼ばれて御所の奥の局に坐っていた――もっとも時政がそれを知ったのは翌日伊豆へ帰りついてからだったけれども……。

時政の伊豆引揚げに衝撃をうけた頼朝は、後に残った四郎の前で卑屈なくらい機嫌をとった。そんなとき、倍ほども年のちがう頼朝の前で、四郎はただ黙ってにこにこしている。

「おろか者め、父の気持が解らぬのか！」

伊豆の時政は焦々した。引込みがつかないままに暫くぐずぐずしていたが、やがて木曾義仲が挙兵し事態が切迫したので、それにかこつけてやっと鎌倉へ戻って来た。

――四郎め、ただでは置かぬぞ。

そういう気配を察してか、時政が鎌倉へ着くなり、政子はそっと耳うちした。

「四郎になぜ鎌倉に残ったのかと聞きましたらね、みんないなくなってしまったら、姉上がお心細かろうと思って……ですって。あれで案外優しい所があるのですわ、四郎は……」

事の起りが自分達の痴話喧嘩にあるのさえけろりと忘れた口ぶりに、内心舌打ちしながら、時政は振りあげた拳のやり場を失ったような気分を味わわされた。

寿永三年、上洛して木曾勢を蹴ちらし、平家を西海まで追落した鎌倉勢は、いったん戻ってから、その秋、再び西海の平家攻めに出発した。総大将参河守《みかわのかみ》範頼に率いられた大兵団の中には手勢をひきつれた四郎義時も混っていた。

四郎にとっては旗揚げ以来の出陣である。頼朝が稲瀬川のあたりに桟敷を構えてその門出を見送るというので、出陣の兵士達は興奮しきっていたが、その中で、四郎ひとりは殆ど無表情だった。萌黄匂いの鎧直垂に小具足《こぐそく》だけつけた彼は、少し吊りぎみの白眼の澄んだ細い瞳をあげて頼朝に軽く会釈すると静かにその前をすぎて行った。和田義盛が馬上でやたらに腕を振り廻したり大声で喚いたり、今にも敵陣に躍りこみそうな気合いの入れ方をして発って行ったのとは凡そ対照的な姿だった。

――やる気があるのか、あいつ……。

頼朝の後でむしろ不安を感じていたのは時政である。

――しっかりやれ、四郎。和田や千葉づれに負けるなよ！

桟敷からのびあがったが、秋の陽の中でさわやかに見えた萌黄匂いの直垂は、もう軍列の中に融けこんでしまっていた。

そして、それ以来――。

陣馬の列に巻きこまれたまま、四郎の動静は殆ど鎌倉へは伝わってこなかったのである。

もっとも今度は泥沼の持久戦だったから誰もさしたる手柄は樹てていない。ひどい食糧難に悩まされ、単純な和田義盛などはたちまち悲鳴をあげ、

「何のために西海くんだりまで来たのか解らん。俺は戦さをやりに来たんで、腹をへらしに来たんじゃないからな」

侍所の別当であることも忘れて、真先に手勢を纏めて帰ろうとする始末。それでも千葉常胤が老軀に鞭うって陣頭に立ったとか、下河辺《しもこうべ》行平が甲冑を売って小舟を買い、それで九州へ上陸したというような美談が伝えられて来たが、四郎に関する限り戦功の噂はさっぱりだった。

——どうした四郎、何をしている……。

時政はやきもきしたが、傍にいてさえ姿を見失いがちの四郎のことだ。風波を遥かに隔てていてはどうにもならない。

範頼軍がもたもたしている間に、もう一人の頼朝の弟、九郎義経は屋島から壇の浦へと平家を追いつめ、遂にその息の根をとめてしまった。その赫々《かくかく》たる戦果の前に、範頼や四郎の無能ははっきりと暴露されたかたちになった。

「西国では何をしていたのだ、いったい……」

鎌倉に戻るなり時政に怒鳴りつけられたが、しかし、四郎は一向にこたえてはいないらしい。

「いや、ひどいものでした。だいいち、私は戦さが下手ですから……」

「全くだ、そちといい、蒲《かば》殿といい……」

「ああ蒲殿ですか、正直な方ですからね。御所から度々帝《みかど》と神器を無事に取戻せと御手紙が来たものですから、これはうかつには動けないぞというわけで……」

「それでべんべんと日を過していたというのだな。見ろ、その間に九郎殿に功を奪われてしまったではないか」

「まあ、そうです。が、その代り蒲殿は帝や神器を失う責任からは逃れました」

「いいわけがましいことは言うな」

神妙に頭だけは下げたが、白眼の冴えた瞳には薄い笑いが漂っているようだった。

が、やがて、赫々たる戦功を樹てたはずの義経はあえなく没落した。そしてお人好しの慎重居士、範頼も……寿永、元暦、文治、建久、と、頼朝をめぐる人々は次々に隆替したが、その中にあって四郎は何をしたのだろう？

彼は何もしなかった。うっそりした木立にかこまれた小町の屋敷から目と鼻の先にある御所の侍所に出仕しても一日つくねんと黙っていることが多かった。細くて切れの長いその瞳だけは相変らずよく動いたけれども……。

彼の姿をしばしば見かけるのは侍所よりも、姉のいる小御所に於てだった。そこでも、夫の浮気だとか子供の事だとかの愚痴話を、四郎は辛抱強く聞いてやっているだけだ。この間に話題になったことと言えば、御所の女房の中でも美貌の聞えの高かった姫前《ひめのまえ》をたって申しうけて妻にしたことぐらいだろうか……。

四郎が珍しく直談判でそれを頼朝に申しこんだとき、

「ほ、姫前を所望か、そなたが？……」

頼朝は信じられないというふうに目をぱちぱちさせた。このとき四郎は三十歳、先妻との間の太郎金剛丸は十歳になっていた。が、その妻が病死して以来数年というもの、浮いた噂もない物堅さだったのである。

「是非お顔いします。度々文をやっているのですが、返事もくれません」

「文を？　ほう……」

これも初耳だった。

「もう十通ぐらい書いています」

照れもせず、大真面目でいう四郎の前で、頼朝の方がかえってどぎまぎしていた。

「よし、よし、よい縁組だ。あれは比企藤内朝宗の娘だからな。四郎の妻としても不足はない。みめかたちもすぐれているが、気立てもやさしい女だ」

「仰せの通りです」

「……だから、その代り四郎、約束をするか。生涯決して離縁はしないという……」

くどいように念を押した。表面ひどく乗気にみえる頼朝のその言葉の奥に、妙な歯切れの悪さのあることに四郎は気づいてはいなかったのだろうか、至極大真面目にその場で一生離別しないという起請文まで書いて渡したものだ。

約束に違わず、彼と姫前の間は人の噂に上るほどの睦まじさだった。

「姫前は達者ですか。大層仲がよいそうですね」

婚礼から一月ほど経った晩秋の昼下り、小御所にやってきた弟をからかうつもりで、政子は聞いてみた。縁先の陽だまりに坐ったまま、坪の隅の薄《すすき》の穂を渡り歩く雀を目で追いながら、四郎はぬけぬけと答えた。

「かわいい奴です。いくらかわいがっても、すぎるということのないのは、ああいうのを言うのでしょう」

「まあ……」

「かわいがってやればやるほど、いい女になります。めったにないのじゃないかな、ああいうからだは……」

二の句がつげないでいる政子をはじめてふりむくと、四郎は声を落した。

「生娘《きむすめ》でした、まだ」

「……」

「御所より、どうやら一手早かったようです」

「四郎──」

政子の眉がぴくりと震えるのを目で制して、四郎は薄い微笑を泛べた。

「あのままにしておいたら、御所は黙ってはいませんよ。一騒動起らないうちに早めに頂戴してしまったというわけです。姉上、姉上からも、せいぜい御ねぎらい頂きたいところですな」

「ま……いやな四郎」

笑おうとして政子の頬が硬ばった。彼女はついこの間、次男の千万を生んだばかりである。お産の前後というと、きまって侍女に手を出す夫にさんざん手古《てこ》ずっている政子にとっては、これは手痛い言葉だった。

姫前との間にはやがて二郎、三郎が生まれ、太郎金剛丸も元服して頼時と名を改めた。これがのちの泰時である。息子たちにかこまれて、四郎の平穏無事は続く。三十二、三十三、三十四……義兄頼朝が旗揚げをした年齢も、四郎は無為にすごしてしまう。表面安定期に入ったかにみえる鎌倉幕府の舞台裏で繰広げられていた微妙な主導権争い——その渦の中で必死に戦っている父の時政からすれば、何とも歯がゆい四郎であった。

が、父親からみればいかにも物足りないこの四郎も、きょうだいたちからは案外評判がいい。ひどく強気そうで意外に脆いところのある長姉の政子——気位が高くて、めったにその脆さを見せはしない彼女も、無口な四郎に気を許してか、女の弱さも単純さも平気でさらけだして愚痴話をぶちまける。しんの疲れるこうした打明け話にも、次姉の保子のとめどない無駄なお喋りにも、四郎は同じように相槌を打つ。時として二人の姉が同じことを全く逆な見方をしていることがあっても、彼は決してそれを言いはしない。だからこそ安心して女たちは更に饒舌になるのである。

二人の姉ばかりではない。十五ほど年の違う五郎時連《ときつら》も、頼りにするのは父よりも四郎の方である。才走っているが、兄と違って派手ずきで、きらびやかな箔押しや、人をぎょっとさせる片身《かたみ》変りの直垂を着こんで得意になっている五郎は、近ごろ京下りの白拍子と遊ぶことを覚えて、手許がつまって来ると、四郎の所へそっと無心に来る。若い後添のいる父の所は、さすがに煙ったいのだろう。時政にしてみれば、わざと自分を避けているような五郎が気に入らない。

「仕方のないおっちょこちょいめ。あれと四郎をつきまぜれば、少しはまともな人間が出来るのだが――」

こんなとき、後添の牧の方は、すかさず口を入れる。

「それだって、あなたの御器量には及びもつきません。ほんとに親に似ぬお子達ですこと」

むっちりした腰をひねって、視線をからみつかせると、

「やっぱり一番あなたそっくりなのは六郎ですわ。顔だちといい、気性と言い……」

自分の腹に出来た、十になったばかりの末子を引合いに出すのを忘れない。恐らく牧の方とすれば、後に政範と名乗る六郎を時政の後継者に据えたかったのだろう。が、大それたその夢が実現するより先に、歴史に大きな転機が来てしまった。

正治元年――。

頼朝の死が突然にやって来たのだ。そしてこのことは北条家の、そして四郎の生涯に、少からぬ影響を与えずにはおかないはずだった。

二

頼朝の死があまり突然だったために、その直後から、鎌倉では死因をめぐって奇妙な噂がたち始めていた。

義経、義仲、平家の怨霊。

平家残党の刺客の襲撃。

不慮の椿事《ちんじ》とも言うべき落馬から床についたのだから、こうした噂が流れるのはやむを得ないことだったかもしれない。

が、時政にとって聞きずてならないのは、

――どうやら北条殿も御所の死を願っていたらしい……。

という囁きがひそかに交されていることだった。北条殿は次第に言うことを聞かなくなった頼朝をもてあまし、御台所の生んだ頼家に望みをかけ始めていた、というのである。

とんでもない話だ！　濡衣《ぬれぎぬ》だ！

時政は焦立った。頼朝が死ねば時政は将軍の舅という座からすべり落ちてしまう。それを恐れて、一番頼朝の回復を願っていたのは時政自身だったのだから……。

が下手に弁解すれば、噂好きな御家人たちはさらに薄笑いを泛べて腹の中で言うだろう。

――いやいや、時政殿。御所の若君頼家様は、あなたの孫ではござらぬか。

が、これこそさらにとんでもない話だ。考えてもみるがいい、孫などというものは、煙たい祖父《おじい》と好きな女の、どちらの言うことをよく聞くものかを……。

突然時政の前に一人の若い女の顔が泛ぶ。小柄で愛くるしくて、いくらか蓮葉《はすつぱ》な女――頼家の愛妾、若狭局の顔だ。そしてその顔に重なりあうようにして、髭の濃い赫ら顔の武将の顔が泛ぶ。若狭の父、比企能員《よしかず》である。

――む、田舎侍めが。やりおるわ。

あらぬ噂をたてておいて、時政を権力の座から外そうとは、髭面め、見かけによらぬ芸の細かさだ。

比企は武蔵の豪族だ。能員の養母比企の尼は頼朝の乳母で、流謫時代も欠かさず生活の資を送り続けた人だ。その縁で頼家が生れると能員の妻が乳母になり、長ずると早速娘を側室に入れている。

――源家との繫《つな》がりは俺の方が古い。

そう思っている能員である。

北条と比企が折合のつかぬまま暗闘をくりかえしたあと、結局妥協案として出来たのが例の合議制だ。結果的には、頼家はどちらかのロボットになる代りに、権力そのものを奪いとられることになった。

これは頼家が訴訟の裁決が出来ないほど愚かだったからではない。父の頼朝は武家の棟梁とはいいながら、むしろ公家的、京都的な性格が強かった。武家と公家との間に立つ危うさが逆に彼を支えていたともいえよう。草創期の武家社会にはそうした人間も必要だったが、いまは事情が変りつつある。単なる武家の象徴としての将軍家よりも、もっと逞しい土の匂いのする彼等自身の代表者の登場が望まれだしているのだ。

が、具体的に比企か北条かということになると複雑な利害がからみあってどうにもならず、とどのつまりが合議制に落着いた。独裁好きな日本人の歴史の中でこれは珍しいことだが、一見合理的にみえるこの制度は彼等の野望の渦が苦しまぎれに生み出したものでしかなかったのだ。

だから合議制は始まった時から、比企、北条の血なまぐさい相剋を孕《はら》んでいた。中原、三善などの吏僚派、下野常陸を押える長老八田知家、相模の軍団を握る三浦義澄、比企と同じく頼家の乳母夫《めのと》である梶原景時など、それぞれの利害を腹に抱えた連中をどう操るか……時政が三浦義澄と手を組んで、義澄の甥和田義盛と並べて四郎を強引にその顔ぶれに押しこんだのはまず成功というべきかもしれない。

このとき四郎は三十八歳。初めて政局の表面に現れたわけだが、格別意気ごんだ風もなく合議の座でも殆ど発言しなかった。時として議論が沸騰し戦場馴れした地声をはりあげて一座が怒鳴りあったりしても、切れの長い瞳で素早く一人一人の顔を追うだけで黙っている。

——しっかりしろ四郎、首を並べているだけでは何もならぬぞ。

時政は苦りきっている。不満の種は四郎だけではない。五郎にも彼は腹をたてている。五郎はいつの間にか、すっかり頼家の取巻きになっていたのである。政治の実際面から遠ざけられた頼家が半ばやけ気味に蹴鞠《けまり》に耽溺しはじめると、おっちょこちょいの五郎はその真似をしてすぐさま鞠にとびついたのだ。

しかも頼家を取巻く鞠の仲間というのが、事もあろうに比企能員の息子たち、三郎とか弥四郎とか、その姻戚の小笠原弥太郎、中野五郎といった連中だった。彼はこれらの野放図な若者たちと鞠に明けくれ酒に酔いしれ、はてはこの街に群れはじめた白拍子をひきずりこんで、無軌道な性のたのしみにふけっているらしい。

——五郎め、よりにもよって比企の奴等と仲間になるとは……。

時政が苦虫を嚙みつぶしているのに感づいてか、五郎は父の屋敷には足ぶみもしない。兄の四郎によく似た浅黒い瘠せ型、兄よりも更に敏捷な身のこなしの彼を、時政の屋敷の人々が見なくなってから、すでに半年は経つだろうか。小遣いに困ったりすると、五郎は例によって小町の四郎の所へいってせびっているらしいのである。

微妙な合議の座の均衡は一年とは続かなかった。まず脱落したのは梶原景時である。景時排斥に最も熱心だったのは能員だった。彼は同じく頼家の乳母夫である景時を追討するために、一番多くの兵力を出動させた。

——ふふふ、能員めが……。

時政は高見の見物だった。もっとも彼が落着いていたのは、今度の事件のお膳立てをしたのが、他ならぬ彼の娘婿、阿野全成《ぜんじょう》だったからだ。

次女保子の夫で頼朝の異母弟でもある瘠せぎすのこの男は、兄の在世中は用心深くその護持僧になりきって命を全うした。そして頼家の時代が来ると、少しずつ時政に近づき、いつの間にかその護持僧のような形になってしまった。

時政の館は名越《なごえ》にある。鎌倉の東南のはずれで、三浦へぬける切通しを押える形になだらかな丘陵が幾重にも緑の襞《ひだ》を作り、やがて海に連なっている。その山ふところにある持仏堂で読経をすませると、それに連なる山の館や、ずっと海に寄って小坪から稲村ヶ崎まで見渡せる浜の館で、全成は暫く時政と話しこんでは帰って行く。口数は少いが切れる男だ、と時政が気づくまでに大して時間はかからなかった。だから秋晴れのある日、いつものようにふらっとやって来た全成が、静まりかえった谷戸《やと》の奥に目を投げて、

「梶原が朝光を讒言しようとしているそうですな」

ぽつりとそう言っただけで時政は凡てを了解したのである。全成と保子の芝居が成功して思惑通り景時は没落した。それから半年も経たない間に、荒淫と酒に蝕《むしば》まれて頼家が病床に倒れると、

「今のうちに……」

ふらりとやって来た全成は、この時も黒ずんだ谷戸の繁みに目をやって、ぼそりと言った。

「今のうちに、比企を……」

皆まで言わないうちに時政はすべてを了解した。頼家に万一のことがあったとき、若狭局の産んだ一万に相続権の行くのを封じるには、今比企を討つしかない、というのである。

早速、極秘裏に比企討滅の計画が練られた。画策に与《あずか》るのは全成、保子、政子、四郎だけとした。ひそやかに手筈がきめられ、あとはきっかけを待つばかりになったとき――。

突然ある夜異変が起きた。全成が比企方の手で御所へ連行されてしまったのだ。

――しまった、露見したか。

夏のしらじら明けに知らせをうけて、時政は顔色を変えた。

「四郎を呼べ。すぐこれへ」

御所のあたりにはすでに比企勢が群れているという。四郎の館はどうしたか。政子は？　保子は？……朝露のたゆたう丘を駆け降りて行く蹄の音を追いながら、時政はすぐ小具足の仕度をさせた。待つ間もなく四郎はやって来た。

「使に道で逢いましたので」

馬を飛ばせて来たというのに汗もかいてはいず、濃藍の紗の直垂が涼しげである。見れば袖や袴を括《くく》りあげてもいないふだんのいでたちだった。が、それに気づくだけの余裕は時政にはなかったらしい。顔をみるなり、

「先んじられた、比企めに――」

「どこから洩れたのか、いったい……」

目を光らせてそういった。

万が一にも洩れる気遣いはなかったはずだ。この企みを知っているのは、自分と全成、保子、政子、四郎だけなのだから……と言いかけてから初めて、彼は四郎のふだんのままの装束に気がついた。しかもその頰に、前からこうなることは解っていたとでも言いたげな表情さえあるのをみて時政は瞳を厳しくした。ある疑惑がその頭をかすめたのはこのときである。ふいに彼は語調を変えた。

「四郎。五郎はどうしている？」

「は？」

「……よもや五郎が……」

問いつめて来る瞳に、

「いや、そのようなことはないと思いますが……」

四郎は曖昧《あいまい》な微笑で答えた。時政は暫く黙っていた。それから少ししわがれた声で言った。

「保子は？……」

この事件で一番衝撃をうけているのは保子である筈だ。

「保子姉上は尼御所に——大姉上の所へおいでです。すべて大姉上のお計いに任せればよいかと存じます」

この未明、尼御所の二人が姉妹の絆《きずな》もかなぐりすてて、むきだしな対決を続けていたことを知ってか知らずにか、静かに四郎はそう言った。

全成の斬首という後味の悪い決着のつけ方で、一応この事件は落ちついた。いきさつはともあれ、形の上では全成は北条氏に売られたのである。しかも不思議なことに、誰が彼を売ったかは、とうとう解らずじまいだった。

人々の胸の中に少しずつの不信と疑惑を残して、なぜかこのあと、表面には比企と北条の間に奇妙な小康状態が訪れた。五郎は前にもまして比企三郎や弥四郎たちと睦まじげに鞠に明けくれている。それを見聞きしても、時政はつとめて知らぬふりを装うばかりか、何かの埋合せをつけるかのように、自分も急に能員に笑顔をみせたりした。

そういえば時政は四郎に対しても口やかましく文句を言わなくなった。これまでは四郎のすることが気に入らず、口を開けば不肖の子、役立たずとうるさかった時政が、四郎の瞳をみつめて、ふっと言いかけた言葉さえ呑みこむようになったのはそれからである。避けているというほど明らさまではないが、気ままに怒鳴りつけなくなった代り、時政はこの息子との間に意識して距離を置き始めたようだった。

一時健康を回復して、伊豆や富士の麓に狩に出かけるまでになっていた頼家は、まもなく病気が再発して床につかなければならなくなった。高熱を出し、胸をかきむしり、譫言《うわごと》を言い——そんな日が重なって病状が悪化するにつれて、奇妙にも北条と比企の親密さはさらに深まったように見えた。頼家の病床を見舞に来た時政と能員とが、そのまま親しげに肩を並べて御所の小局に入り、長い間話しこんでいる姿を、人々はよく見かけたものだ。だから時政が作っていた薬師如来像が出来上り、その供養に能員が招かれたときも、誰ひとり何の疑問も感じなかったのである。

建仁三年九月二日、空は透明に蒼く、重なりあった低い尾根の樹々を時々風が光らせて渡って行くだけの、静かな日だった。珍しく朝早く御所にやって来た時政は、頼家が昏睡を続けていると聞くと、憂わしげに眉をよせ、その病床を訪《おとの》うのを遠慮して奥の尼御所——娘の政子とその子千万のいる館へ廻った。恐らく今日の薬師供養への招待に来たのだろう。暫く政子と話しあってから時政は御所を出た。そのまま小町の四郎の家にも寄らず、名越の館に帰りかけたが、思い出したように馬を廻らして、御所の近くにある政所執事《まんどころ》、中原広元の家に立寄った。

これもおおかた今日の供養に広元を招くためと思われた。そのあと日頃時政の家によく出入りしている新田忠常、天野蓮景などを連れて、荏柄《えがら》天神の参道を通って滑川《なめりがわ》沿いの道に出た。

川を渡ってゆるやかな丘をひとつ越えると名越の館の背に出られる。丘に遮られてか風ひとつない坂道を時政はゆっくり馬を歩ませた。秋も半ばをすぎて、道の両側からさしのべられた梢は、少しずつ葉を落しかけている。その明るくなった梢を通して射してくる穏かな秋の陽は、馬の歩みにつれて時政の朽葉色の直垂の肩にさまざまの光と影を織って行った。

さわやかな、身のひきしまるような秋の朝である。が、急ぎもしないこの坂道で、なぜか時政は時折無意識のように汗を押えるしぐさをした。

やがて丘を上りつめ、岩をくりぬいた低い尾根に出ると、急に風が変った。海の匂いを帯びて俄かに荒々しくなったそれは、あたりの穂薄を押しなびかせ、上って来た時政たちの顔にまともに吹きつけた。

時政はその荒々しい風を胸にうけたまま、暫くそこで立止まっていた。薄野の斜面の向うに見え始めた館の屋根をみつめる目が次第に厳しくなり、思い決したように後の新田忠常をふり返ると、

「急げ」

言うなり彼自身も一鞭くれた馬ともども、今迄よりもはるかに急な下り坂を、一気に駆け降りた。

まもなく招かれた中原広元がやって来た。その姿を見て改めて比企へ使が出された。

「かねて御案内申し上げた通り、薬師如来造立の供養を仕る。大官令（政所執事、広元のこと）も既にお出でゆえ急ぎお越し願いたい。御相談いたしたい儀もござれば……」

やがて昼をすぎてから、供養にふさわしい白水干姿の比企能員がやって来た。

「遅うなった。大官令殿はすでにお渡りか。尼御台は？……」

出迎えの侍にこう言いながら、能員はついて来た郎従に馬の手綱を渡して奥へ消えた。それが郎従が能員の姿を見た最後であった。

時政の待つ持仏堂に入ろうとして、戸口で彼の姿は大きくのけぞった。赤黒い血潮が白水干に奔り、躍りかかった新田忠常がその首を刎《は》ねるまで、全く一瞬のことだった。忠常が体を起したとき、その背後に音もなく時政が立っていた。

返り血をあびた忠常が、膝をついて能員の首を捧げるのに、厳しい眼差しで肯

くと、彼はすぐ奥へ入った。息をひそめて問いかける牧の方の瞳に同じように肯いてから、

「尼御所へ……」

彼は低く言った。郎従が直ちに呼ばれた。

「尼御所へ早駆けで参れ。仕りましたとだけ申し上げればよい。御所から四郎の館へ廻れ。じかに見参を願出て仔細を申し述べよ」

郎従が走り去ってから、時政は牧の方をふりかえった。

「四郎の所へは今朝寄らなかったのでな」

二人は薄い笑いを含んだ瞳で肯きあった。全成のときのような齟齬《そご》を恐れたのだろう、
今度は時政は政子と牧の方にしかこの計画を洩らしてはいなかったのである。

早馬の使は疾風《はやて》のように戻って来て、あえぎながら報告をすませると、さらに付加えた。

「四郎様より、用意はすべて整って居りますとのお言伝でございました」

「用意？」

「は、御台様よりお知らせを頂き、和田、三浦党、畠山一族、小山兄弟以下、出

陣の手筈を整え、御下知をお待ちしています、とのことでございます」

「む、む……」

　時政は短く捻った。

　――そうか、政子が喋ったか。やっぱりな……。

　それよりも彼を驚かせたのは、日頃と打って変った四郎の出足の早さである。能員を殺した上でもう少し様子を見て、と思っていた時政を出しぬいてもう動員をかけてしまったとは……。

「手廻しがよすぎるくらいだな、ちと」

　牧の方にこう言ったが、あとになってみると、やはりこの方がよかった。異変に気づいた能員の郎従が走り帰ったことから比企館では意外に早く事変を知り、反撃態勢を整えたからである。

　比企の館は御所の南、少し隔った懐ろの深い谷戸《やと》の奥にある。普通の谷戸の行詰りは屏風のように切立った丘陵になっているのに、ここだけは背の丘陵に向ってなだらかな傾斜があり、それを上るとかなりの台地が広がっている。由比浦まで見渡せる台地に能員は本拠をかまえ、若狭の生んだ一万の為にも新しい館を作って小御所と呼ばせていた。

能員の死が伝わると、比企の館には続々と一族がつめかけた。長男余一、三郎、弥四郎、小笠原弥五郎、中野五郎……。

未《ひつじ》（午後二時）はすでに過ぎたけれども、朝から輝き通しの秋の陽は穏かで、騒動に関りなく空は澄んでいた。その柔かい陽ざしの中で比企勢は館の庭に溢れ、口々に時政への復讐を誓った。

「見ておれ、時政め」

「おのれ、長い間媚び諂《へつろ》うたのは、今日のためだったのだなっ」

兜の鍬形を陽にきらめかせた怒りの群れが、一団となって傾斜を馳せ下り、時政の館に向おうとしたそのとき、総門の前を流れる滑川を渡って、不意に兵士達がなだれこんで来た。

「な、なんと……」

激しい矢衾《やぶすま》に比企勢は不意をつかれて棒立ちになった。その間にも寄せ手の四郎やその子太郎の手勢は見るみる数を増し、さらに小山、三浦勢が横合から攻撃をかけて来た。

「よし！　それなら……」

比企勢は、若狭や一万のいる小御所を中心に陣を敷いた。が何といっても出陣の機先を制されたことは大きい。次第次第に防禦の輪は縮められて行った。

それでも数刻、比企勢は寄せ手をひるませるほど頑強に抵抗した。起ち上ったときすでに手負いの獣だった彼等は、詐謀への憤怒に燃え、ひとりひとりが死を賭していたからである。

が、間もなく――。小御所に火が放たれた。攻撃側の手でか、これまでと観念した比企自らの手でかは解らない。があっという火の雄叫びが人々の声を圧したとき、戦いは決したのである。阿修羅《あしゅら》のように狂い廻った比企三郎、弥四郎らが次々に炎の中で自決した。そして若狭局と六歳になる一万もその例外ではなかった……。

比企館が焼け落ちたとき、夕暮は近くまでしのび寄っていた。無残な焼跡に白煙をくすぶらせたまま、ふいに静寂が訪れた。懐ろの深いこの谷戸は、夕暮の一瞬、馬蹄の音も怒号も、音という音すべてを吸いこんでしまったのか。谷戸の上には、夕映えの明るさを残した蒼空が、この日の始めと変らないおだやかさを見せてひろがっていた。

比企館はその夜一晩くすぶりつづけた。そのくすぶりに似たわだかまりが、人々の胸の中に長く残ったのは、この事件がひどく唐突に起り、無残な結末を遂げたからかもしれない。事件のすぐあと、

――将軍は一万殿と千万殿に分割相続をさせるおつもりだった。能員はそれが不満で、千万君の後楯の北条氏を討とうとされたので……。

などという噂も流れたが、人々は決して納得した顔はしていない。

「本当か？　その分割相続というのは……」

「第一能員が北条を亡きものにしようとしていたのなら、何でのめのめと平服素手で北条館へ乗りこもうか」

「薬師供養だとかいったそうだがね。たしかに大官令もよばれている。が、比企が来る前に、大官令はそっと帰ってしまっているんだ」

「じゃ、大官令も承知の上でか」

「さあて、そこまでは知らぬ」

不信と疑惑は深まるばかりであった。

しかも数日後、第二の事件が起った。真相を最もよく知っている筈の新田忠常が奇妙な事件に巻込まれて殺されてしまったのだ。

その日、忠常は時政の名越の館でもてなしをうけ、夜半近くまで引きとめられた。いつまでも出て来ない主人を待ちくたびれた郎従が、

――もしや、殿は比企のように？……。

ふとそんな気になったのは彼等自身も疑惑の虜《とりこ》になっていたせいだろうか。そしてそれを聞いた忠常の弟たちが逆上して四郎の館に押しかけたのも疑心暗鬼にとりつかれていたせいだろうか……。

が、四郎はこのとき小町の館には居ず、政子や保子、千万などのいる尼御所で話しこんでいた。見境いがなくなっていた新田五郎、六郎等は尼御所めがけて矢を射込み始めたのである。六郎は裏手へ廻って火を放った。恐らく比企同様に四郎たちを焼殺すつもりだったのだろう。が然し、火の手を見て駆けつけた御家人達に囲まれ、逆賊の名のもとに火の中で憤死したのは新田勢のほうだった。しかも名越からの帰途、火の手を見て、何も知らずに忠常が駆けつけたのは皮肉だった。彼もたちまち加藤次景廉の刀にかかって最期を遂げた。

まったく奇妙というよりほかはない、悪夢のような事件だった。能員の返り血をあびた忠常が、その血に呪われたように数日のうちに命を終ろうとは……比企の二の舞になることを恐れるあまり、その幻影におびえて新田一族は自らの墓穴

を掘ったのである。

事件のあとで、またしても、

──忠常は実は北条を殺すつもりだったのだ。比企の乱のあと昏睡から醒めた将軍家が激怒され、忠常と和田義盛に時政誅殺を命じられた。義盛はすぐ北条に報告したからいいようなものの、忠常は黙っていたのさ。だから……。

などという噂が広まった。が、もう人々はそれについて何も言わなかった。ただ黙って薄い笑いを泛べて首をふるばかりである。忠常は時政の腹心だ。そこへわざわざ頼家が密命を下すかどうか。もし密命が下ったとしてもそれを秘してのこのこと名越に行く忠常だろうか……そんなことは解りきった話ではないか。人々は知っていた、暗殺者の手先が事を果したあとに辿る道を。そして忠常がまごうかたなくその道を辿ったということを……。

人々の口は重くなったが、疑惑と不信の中で時にはこんな呟きも聞かれる。

「運のいいひとだな、四郎というひとは……」

「もしあのとき、尼御所に居なければ──」

たしかに、あのとき四郎が尼御所にいなかったならば──、小町の館での戦いなら、これは新田と北条の私闘になってしまった筈だ。私闘ならどれだけの御家人が北条氏に味方したろうか……。

「あのとき、四郎は時政としめしあわせていたのじゃないか？」

「まさか……それでは話がうますぎる」

そのときひとりがそっと言った。

「そういうひとなのさ、四郎と言うひとは……目の色を変えて探しても、その場にいたためしはないんだ」

三

比企の乱は全成の事件より更に数々の疑惑を世間に残した。が、このとき、目の前の疑惑に気をとられて、人々は極秘裏に進められていた重大な工作を見落していたのではあるまいか。

彼等は気づいてはいなかったのだ、比企の乱の興奮もさめやらぬそのころ、すでに都に向ってひた走りに馬を飛ばせてゆく数騎の使者があったことを……。

使者が都へ入ったのは九月七日である。彼等はそのまま院の御所へ走り込む。

やがて数刻、使者は姿を現わし、来たときと同じ疾さで、疲れも知らぬもののように東海道を馳せ下る。

彼等の懐中深く収められているのは数通の書状である。すなわち、これこそ「将軍頼家が薨《こう》じたために」千万を征夷大将軍に任じる宣旨と従五位下に叙する位記だったのだ。

頼家が薨じた？　冗談ではない。重病の床にあるとはいえ、使者が都へつくより先に、彼は奇蹟的に昏睡から甦っているではないか……にも拘らず鎌倉からの使者を迎えた都では、早くも頼家死すの噂が流れ始めていたのである。

使者が七日に都入りするためには、一日か二日——おそくとも比企の乱の当日には鎌倉を出発していなければならない。とすると比企の乱と前後して、頼家はこの世を去る「予定」だったのか……。

「予定」に反して生きながらえた頼家は、二十二歳の若さで七日に出家させられている。それが都で千万の叙位任官の決った日であることはまことに暗示的だ。

やがて修善寺に移された頼家が翌年そこで生命を終えたとき、とかくの黒い噂が囁かれたが、それよりも一年前に公式には頼家が「死んでいた」ことこそ注目されねばならないはずである。

千万の除書《じょしょ》（辞令）は十五日鎌倉に着いた。その手廻しのよさに驚き呆れながら、人々は十二歳の少年将軍をみつめる。そしてその後に、中原広元と並んで政所別当——鎌倉幕府の行政長官に納まった外祖父北条時政の姿を見る。十二歳の将軍と、六十六歳の別当と……その実権がどちらにあるかは誰の目にも明らかである。彼自身にとって治承の旗揚げ以上の意味をもつ今度の戦さに勝ちぬいた時政は、数々の疑惑と引換えに、今こそ権力の座についたのである。

更に人々の目をみはらせたのは、四郎と五郎の進出である。四郎はともかく、ついこの間まで比企の若者たちと蕩児仲間に入って蹴鞠にうつつをぬかしていた五郎は、千万——すでに元服して実朝と名乗っていた——の時代が来ると幕府内の雑事を取締る役として、一躍表面に踊り出た。彼のかつての仲間、頼家の側近だった中野五郎以下が領地を召しあげられやがて遠流《おんる》に処せられたのとはまさしく対照的な姿だった。営中に活躍する五郎はついこの間までの蕩児の俤《おもかげ》はどこにも見られない。四郎によく似た緊《しま》った風貌で兄よりさらに明快で颯爽としている。

——ほう、こういう男だったのか……。

人々はふと瞞《だま》されたような気がする。そう思うのも無理はない。実は父の時政だって始めから五郎をこんなふうに重用しようとは思わなかったのだ。比企の息子どもと仲間になっていた五郎をむしろ彼は謹慎させるつもりでさえいた、それ

を、

「営中の雑事をお任せになるのは五郎以外はないと存じます」

と進言したのは四郎である。

「しかし五郎は――」

言いかける時政を抑えて彼は言った。

「能員が討たれたあと、即刻比企の館を襲えと主張したのは五郎です。今度のことで、いや、今までのすべてで、一番手柄のあったのは五郎だと私は思っています」

短いが、ずしりとした言葉だった。時政はふと、全成事件のことを思い出したらしい。そして、ためらいながらもその気になったのは、その言葉の重み、いやその背後にある四郎の重みを意識してのことだったかもしれない。

たしかに四郎は今度の乱で目ざましい働きをした。彼の敏速な比企攻撃がなかったら、新田勢に対する巧妙な身のかわし方がなかったら、今日の時政はなかったかもしれない。北条の命運を賭けた一戦に、日頃とは打って変った活躍をみせてくれた四郎への時政の眼差しは今までと違って来ている。

四郎、五郎は相携《あいたずさ》えて時政の命じるままに物事を処理してゆく。いや命じないうちに彼の意志を読みとり適確な処置を施して行くことさえあった。二人に任せておけば間違いない、と時政は思ったし、また周囲もこれではっきり幕府は北条家のものになってしまった、と見たかも知れない。

が、がっちり体制を固めたと思われたそのとき、実はその壁に小さなひびが出来始めていた。ひび割れは後室牧の方の周辺から起った。四郎と五郎の擡頭に牧の方はいい顔をみせなかったのだ。

「あんな人達より六郎の方がずっと器量もすぐれています」

たしかに六郎政範は大器の萌芽は含んでいるが、たったの十五歳、四十に手の届いている四郎とでは比較にはならない。

すると牧の方は自分の縁辺の者の後押しを始めた。一人は上の娘久子の婿の武蔵守平賀朝雅である。彼は源氏の一族でしかも頼朝の猶子《ゆうし》になっていたから実朝に次いで源氏の最右翼にいるといっていい。

朝雅は今度の事件のあとで京都警固の役を命じられて上洛した。鎌倉幕府の出先機関として都方と交渉するこの大役に彼を推したのは牧の方である。

もう一人、牧の方の推したのは実兄大岡時親だ。駿河大岡牧を預る小身で——牧の方の呼び名も実はこのためなのだが——ただ小才のきくだけにすぎない兄を牧の方は時政の側近に押しこみ、無理に備前守にして貰った。源氏一族か大江、北条などの特殊な家柄でなくては国守になれない当時としては、これは異例の栄進である。

牧の方の身びいき振りは当然、政子や保子の反感を買った。実朝の除書の来た日、保子と示し合せて、ふいに政子が時政の手許から彼を呼び戻してしまったなどは嫌がらせの現れだ。つまり時政は男の子たちの協力と引換えに際限のない女同士の角突きあいを背負いこんでしまったのだ。

——牧の方の強引さに対する反感は、周囲からも起った。最初に反発したのは朝雅が国の守をしている武蔵国の豪族たちである。もともと国守と豪族とは年貢米の問題などでとかく反目しがちなものだ。朝雅が北条をかさに着て高飛車に出ると、豪族側は益々硬化した。しかもその豪族の筆頭が、治承以来の武功に輝く剛直な畠山重忠だったから事は益々面倒になった。

朝雅と畠山の対立がはっきりした形をとったのは思いがけない事件からである。比企の乱の翌元久元年、京都の坊門家から実朝の御台所を迎えることになって、十月の半ば鎌倉から若い侍たちが上洛したときのことだ。その中に加わっていた牧の方の愛息六郎政範が上洛の途次発病し、都へ着くと間もなく危篤に陥った。

日頃自分も目をかけて来た義弟の病状に朝雅は少なからず狼狽した。自然発病からの経過を聞く口調が詰問の調子を帯びたのは、やむを得ないことだったかもしれない。

「何でこれほどになるまで気づかずに抛《ほう》っておいたのだ。近くにいたのは誰だ」

それが畠山重忠の息子の六郎重保だったのだ。若い六郎はむっとして答えた。

「加療をすすめたのですが、政範殿がどうしても早く都へ行きたいと言われたのです」

「しかし顔色をみても解るではないか。動かしてよいものかどうかぐらいは」

「私は政範殿の守役ではありません」

「なに？」

小ぜりあいをよそに政範の病状は益々悪化し、十一月四日遂に息をひきとった。牧の方の落胆はみるも哀れだった。だいたい今度の実朝の縁談の橋渡しは牧の方である。彼女は平賀朝雅を通じて次女を前大納言、関東伝奏の坊門信清の息忠清に嫁がせており、この忠清の妹を御台所に推薦したのだ。この縁談に積極的だったのも、実を言えば実朝への好意からではなく、政子が自分の妹の高子と足利義兼との間の娘を推していたのをぶちこわすためだったのだが……自分の書いた筋書通りに事が運んだとき、皮肉にも牧の方はすべてを賭けていた愛児を失う結果になってしまったのである。

——牧の方が重保をひどく恨んでいるそうな。六郎は重保に殺されたようなものだと言って……。

坊門の姫君を迎えて婚儀の騒ぎが一段落した翌年始めごろから、鎌倉ではこんな噂がひろがりだしていた。

——馬鹿な。寿命なら仕方あるまいに。

——いや、あの盲愛ぶりではな。半狂乱になってそう思いこむかもしれないさ。

——また畠山が親子揃って融通のきかないときている。こりゃ、ひょっとすると……。

その予想通り、朝雅・牧の方と畠山の仲は半年足らずのうちに次第に険悪になった。

四月になると秩父から稲毛重成が出て来た。彼は重忠の従兄で、しかも彼の亡妻は重忠の妻と同じく時政の娘である。仲裁に立つには最もふさわしい人物と思われた。事実、鎌倉と秩父を往復して彼が奔走につとめた結果、わだかまりは少しずつ融けてゆくようにみえた。

――どうやら牧の方も納得したらしい。

――重忠父子が近く挨拶に出て来るそうだ。

こんな噂が流れて人々が少しほっとしたときはすでに六月、鎌倉には炎暑が訪れていた。

四郎と五郎が時政の名越の館にひそかに招かれたのはそれから間もなくのことだ。海風の吹きぬける浜の館で、近侍の者まで遠ざけてぽつねんと待っていた時政は、二人の姿を見るなり、唐突に言った。

「坐れ。意見を聞きたい」

次いで時政の口から洩れた言葉の意味を、はじめ二人は理解し得ないような顔をした。

「何と仰せられます」

膝を乗り出したのは五郎である。

「父上、私は信じられません。畠山が謀反などと……」

「わしも始めは信じられなかった」

時政は肯いた。

「が、重成から急使が来たのだ。説得に失敗したとな。重忠は表面了承し、おわびに行くといって本拠を出た。然しその行装はただごとではない、十分御注意あるべしとな。それにいくつかの証拠もあげて来ている」

「……」

「どうするか。意見を聞きたい」

言いおわるや否や五郎がきっぱりした口調で言った。

「私には信じられません」

「ふむ」

「治承以来、最も源家に忠実だったのは畠山です」

「ふむ」

「しかも重忠殿の室は私の姉上、いわば義理の兄弟です、だからこそ比企の乱の折にも一番に駆けつけてくれました。あの協力がなかったらあるいは勝利も覚束なかったかもしれません」

「ふむ」

大きく時政は肯いた。

「その通りだ。が、かといっていつもそうだと思っていいかな。挨拶にと言っているが、それにしては様子がおかしいと重成は言うのだ」

「重忠殿がそんな小細工をするとは思えません。あの人は一本気なたちです……」

「む……では、このまま何の備えもしなくてもいいかな、四郎」

時政はさっきから一言も喋らない四郎に問いを向けた。父と弟の問答は聞いているのだろうが、四郎の瞳は海を見ていた。松の枝をすかして小坪から稲村ヶ崎まで一面に見下せる海は真昼の陽に盛上るようにきらめいている。

「は?」

ゆっくり問い返す四郎の言葉を横あいから五郎が奪った。

「父上、稲毛は何を証拠に畠山の謀反を言いたてるのです?」

「これまでの仲裁の間に見てとったのだ。口では納得しているが不満の気持はありありと見える。もう力及ばぬと言うのだ」

「が、然し、稲毛は――」

言いつのろうとしたとき、四郎がそっと五郎の袖を抑えて、初めて口を開いた。

「よく解りました。将軍家に災いを及ぼす企みがあるとなれば、たとえ畠山であろうと誰であろうと討つよりほかはございますまい」

低いが力のこもった声だった。

「む……」

つりこまれるように時政は深く肯いていた。

「が、今がその時期かどうか、帰りましてよく考えてみたいと存じます」

やがて二人は名越の館を出た。五郎はわりきれない面持だが、四郎は何事もなかったようにゆったりと馬上に揺られてゆく。ちょうど鶴岡の臨時の祭が近づいて、それを目あての雑多な物売りやら得体の知れぬ女やらが街に溢れている。

「ほほう、もう新栗売りが出ている。暑いと思ったがもう秋も近いのだな」

五郎をふりむくと、四郎は屈託なげな笑顔を見せた。

が、五郎はまだ納得はしていない。小町の館に帰りつくなり、四郎ににじり寄った。

「なぜ兄上ははっきりおっしゃらなかったのです。見えすいた嘘ではありませんか。稲毛は継母上に媚びているんです。どうしても畠山を没落させねば気のすまぬ継母上に……同族とはいえ稲毛と畠山は仲がよくない筈だ。稲毛は畠山の後釜を狙っているに違いない」

「……」

「あの二人が仕組んだ罠だということを、なぜ兄上はおっしゃらなかったのです？　父上になぜ、はっきりと畠山を討つべきではないと」

言いかけたとき、四郎は目でその言葉を遮った。

「五郎、もう父上のお気持は決っている」

「え？……」

「われわれの意見をきく前にな」

「すると？」

それには答えず四郎は言った。

「父上には父上のお考えもあろう」

と、そこへ近習が大岡時親の来訪を知らせた。五郎に目くばせすると四郎はすぐさま彼を鄭重に招じいれた。

「牧の御方よりの使者として伺いました」

時親は一礼すると言った。四郎と同年配の彼は、四郎たちの前では賢明にも牧の方とのつながりをひけらかさない。いつも牧の方の兄弟としてではなく、家人の一人としての口のきき方をするのである。

「御方が申されますには、この度のことは政範と畠山六郎とのいきさつとは別に考えて頂きたいとの由にございます」

「…………」

「牧の御方も将軍家の御身を気づかっておられます。畠山を警戒するのは決して私怨からではございません。御世を大事と思えばこそ……」

「その通りです」

四郎は軽くうなずいた。

「私どもも、継母上が畠山をどうのなどとは思ってても居りません」

「それを伺って安心いたしました。いや、先程なかなか御承引なき御様子だったとかで」

「いや、そんなことはありません。私共は父上の御命令に従うまでのことですから」

時親はそそくさと帰っていった。頭の切れる牧の方は、四郎たちが自分のことに触れなかったのにかえって気を廻して、向うから念を押しによこしたものと思われた。

こうした網が張られているとも知らず、六月二十一日、父の重忠より一歩先に重保は鎌倉に着いた。まさしく五郎の見ぬいた通り、彼等父子には何の企みもなかったのだ。彼が鎌倉へ着いたのは鶴岡の祭礼の翌日で、街並みにはまだ汗くさい人が群れ、暑さをいやが上にも煽りたてていた。

畠山の邸は御所の南角、筋替橋の畔にある。邸に入ると重成から早速使が来て

「牧の方もこれまでの行きがかりはすっかり水に流された。いずれ父の到着を待って御挨拶に出るように、自分も同道しよう」との事だった。重保にはいささか拍子ぬけの知らせである。口下手ながらもあれこれ弁解せねばならないと覚悟をきめて来たのが肩の重荷が一度に降りた感じだった。

「いや、もともと含むところなんかなかったんだからな、俺の方は……」

さばさばした顔でこう言うと、素裸になって郎従ともども一献の酒をあおった。

「涼しいですな、鎌倉は」

「秩父とは風が違う。涼みに来たようなものだな、鎌倉まで……」

翌日、というよりその夜の丑満刻《うしみつどき》をややすぎたころ、突然遠くから潮鳴りに似たどよめきが起った。と、五騎、三騎と慌しく門前を駆けぬける馬蹄の音が聞えた。同時に郎従が走りこんで来た。

「殿、お目ざめ下さい。謀反が起きたらしうございます」

「誰だ、謀反人は？」

飛び起きるなり重保は小具足をひきよせていた。

「さあ、暗くて何もわかりませぬ。とにかく由比浦に向って皆が走っております」

「馬ひけ、馬を」

このとき重保の胸の中に、ここで一手柄を樹てて、一挙に名誉回復をという気負いがなかったかどうか……。

郎従の仕度も整わないうち、すでに重保は、暁闇の道に馬を飛ばせていた。あたりは暗い。まだ頭上に星のまたたく若宮大路を一気に走る彼の傍を、五騎、六騎と騎馬武者が同じように海をめざして駆けてゆく。

「どこだ、謀反人は？」

暗がりで重保は騎馬武者に語りかけた。

「さあ、由比浦にいるらしい」

相手も手綱を弛めず、馬走らせながら答える。誰かな？　聞いた声だが——と重保は思った。

急に風が強くなり、波音が高くなった。いつか砂浜に出ていたのだ。彼は波打際まで出て右の方の由比浦をすかしてみたが、夥しい松明《たいまつ》が右往左往するだけで、合戦の模様は解らない。遠くからみる松明の動きは緩慢で、まるでふわふわと遊びたわむれているようにみえる。

気がつくと、隣の武士も馬をとめている。

「誰だ、そこもとは？」

それに答えず、相手は逆に問い返して来た。

「畠山六郎だな」

あ、三浦義村の声だ、と思ったときに、背後にふいに熱い痛みが走った。

「な、なんとする」

言いも終らぬうちに、黒いなだれのように襲って来た侍たちによって、重保は馬からひきずりおろされ、顔を手を、胸を、腹を、めったやたらに突刺されていた。

海がかすかな灰色に光り始めた。さっきまで由比浦にみえた彩しい松明はいつか消え、あたりには人影もない。嘘のような静寂の中に薄明は訪れようとしている。波は、今しがた吸いとった若者の血を、あとかたもなく溶かしこんでしまうとでもいうように、柔かく砂浜を洗っていた。元久元年六月二十二日、昨日にまさる炎暑の日はまた始まろうとしていた。

そして、そのころ、御家人達の軍勢は、陸続として畠山討滅に向っていた。大手の大将は四郎、後詰《ごづめ》は四郎になだめられたらしい五郎が大将である。小山、三浦、和田などの数千の軍勢はものものしげに道に溢れ、ひた押しに北上した。が、その翌日の昼下り、軍勢はもう鎌倉に戻って来ていた。武蔵二俣川辺で遭遇した重忠はたった百三十騎、赤児の手をねじ上げるような容易さで忽ち重忠の首級を挙げてしまったのである。

さすがに埃と汗とにまみれてはいたものの、侍たちはむしろ拍子ぬけの面持である。

——何のことはない。炎天下に行軍だけしたようなものだ。

——畠山謀反などというから、武者ぶるいして行ったのにな……。

服装を改めて四郎と共に夕刻名越にやって来た五郎も不服の表情をかくしていない。

時政が、

「大儀だった」

と自らさしてくれた盃を手に持ったまま、口をつけようともせず、

「思っていた通りでした」

五郎は無愛想に言った。

「何だ。思った通りとは」

「謀反の事実などはなかった、ということです」

笑いもせずこう言い、時政の後にいる牧の方をじろりと見た。

「これは明確なことです。畠山ともあろうものが、謀反を企てたとしたら、どうして百三十騎ぐらいの小勢で出て来るでしょう」

「……」

「御命令に止むなく出陣しましたが、気が咎めてなりません。愛甲季隆が持って来た重忠殿の首を私はよう検《あらた》め得ませんでした」

一座は白けきった。が、かまわず五郎は続ける。

「謀反の証拠が納得できない、と私は父上に申し上げましたが、益々その感を深くしています。これは誰かの計画に違いない」

牧の方は頰をひきつらせたが、さすがに時政は落着いている。

「それは誰だというのだな、五郎」

「幾人かの人間が考えられます」

わざと五郎は言葉を切った。時政、牧の方の顔を交互に眺め、

「まず、稲毛重成──」

言いかけたとき、黙っていた四郎が静かに顔をあげた。

「今頃は三浦義村が……」

その声が小さかったので時政も牧の方も始めは何のことかわからなかったようだ。その口許をみつめ直したとき、四郎は呟くように言った。

「義村が稲毛の館に参っておりましょう」

「？……」

「恐らく打洩らすことはないと存じます」

牧の方があっ、と小さく息を呑んだとき、五郎はすかさず言った。

「私たちはどうやら重成の奸策にのせられていたようですな」

牧の方の頬に赤味が射した。口許が震えたが、次の瞬間、素早くこわばった笑いを泛べた。

「そう、じゃ、私も欺されてたのですわ」

みごとに身を翻したつもりだった。が四郎は牧の方の小細工を無視した。重成の名を口にして以来、彼は父の顔のどんな微細な変化も見逃すまいというように、時政だけをみつめていたのである。

時政の瞳にふっと翳がよぎった。それに執拗に彼は食い下って来た。

――よもや、読みちがいはしていないとは存じますが……。

四郎の瞳はそう言っているようだった。

――よかったのですな。そこまでお考えになっての事でしょうな。比企の乱のあとに新田を葬ったと同じように……。

――うむ、む。

その通りだと時政は思った。牧の方や重成に乗ぜられたと五郎はいきりたっているが、そうみせかけて畠山を打つことは時政の始めからの狙いだった。早晩叩いておかねばならない相手である。時政はよいきっかけを摑んだと思っている。四郎は適確にそれに応じてくれた。そして更にその先まで手を打っている。よくやった、と言うべきかもしれない。

が、このとき時政の胸には、なんとなくしこりが残った。比企の乱の時も四郎はいちはやく先手を打った。以来四郎は時政の意の通りに動いている。

が、今度は違う。時政が意志する前に四郎は動き、先廻りして結果を押しつけて来た。何か出しぬかれたという感じである。四郎と五郎が結束し、いつの間にか自分の手に負えないふてぶてしいものに成長してしまったような気さえする。

その思いを覚られまいとして、四郎の視線をはねかえすのが時政にはやっとだった。

四郎はやがて父から目を逸らせた。そして彼は初めて牧の方をまともにみつめ、かすかな微笑を泛べたのである。

「古くは九郎義経殿に縁座して誅された河越重頼。続いては比企、畠山、稲毛と、どういうものか武蔵の豪族は非運の最期を遂げるものが多いようでございますな」

やがて四郎は五郎を促して席を起った。小町の館に落着いたとき、

「父上もお年を召されたようだな」

こう言っただけで、もう今度の事件について、何一つ語ろうとはしなかった。

——武蔵の豪族は非運の最期を遂げる。

いつにない微笑をこめて四郎が牧の方にそう言ったのは、形を変えた挑戦状だったのだろうか。皇山、稲毛に続く第三の事件はその後間もなく起った。都にいる前武蔵守平賀朝雅が、謀反の故をもって、在京の御家人たちに誅せられてしまったのである。牧の方と気脈を通じて実朝を廃し、自ら将軍になろうとした、というのがその理由だった。

朝雅を庇うべき時政と牧の方は、それより一足先に権力の座を追われていた。閏《うるう》七月の十九日、名越の時政の館にあった実朝を突然連れ去ったあとで、四郎は牧の方の罪状を問いつめて来たのである。時政はこれに対し殆ど何の抵抗も示さず、その夜更けに落飾《らくしょく》した。ときに六十八歳、鎌倉幕府草創以来権力の座にあり、それを守るためにはいかなる権謀術数をも辞さなかったひとの退陣にしてはあっけなさすぎる幕切れだった。

あるいは――。

時政はこのときすでに、闘う意欲を失っていたのかもしれない。畠山を、続いて稲毛を屠《ほふ》ったあの夜、四郎と火花を散らせてみつめあった瞬間、時政は自分の命運を予感したのではなかろうか……

翌二十日の朝、伊豆に下った時政に代って四郎は執権の座についた。小町の館で開かれた第一回の評定の席で、数年も前からこの席にあったような冷静さで、彼は朝雅誅殺の裁断を下したのである。朝雅に果して実朝にとって代ろうという野心があったかどうか、人々が真実を確かめる前にその運命は決ってしまったのだった。

形の上では畠山と平賀は喧嘩両成敗になったわけだ。が一見公平にみえるこの処置の持つ意味は決してそれだけのものではないということに人々はやがて気づくだろう。一つは、鎌倉から京都の匂いが急に薄らいだことだ。頼朝以来拭いきれなかった都ぶりへの追随は、公家にうけのよかった朝雅、しきりに娘を公家に嫁がせたがった牧の方の没落によって、大きく後退する。いま都の匂いを残すのはわずかに実朝とその御台所――武家の棟梁と呼ぼれるそのひとたちだけが、鎌倉における唯一のみやこびとだったとは、何とも皮肉なことではないか。

もう一つ――がこれに人々が気づくまでには少し時間がかかるかもしれない。それは落葉の下をくぐる水のように、巧妙に姿をかくしてしまったからだ。数年ののち、木の下水はやっとせせらぎとなって人の目の前に現れる。

承元元年正月。

五郎が武蔵守時房朝臣《あそん》として登場したのだ。

重忠の死後一年半経って、人々はやっと四郎兄弟の意図のすべてを理解したのである。

四

五郎の武蔵守就任を一番驚きの目で眺めたのは侍所別当、和田義盛である。国の守は頼朝在世当時は中原広元のような京都出身者を除けば、源氏一族にしか許されなかった。頼朝の死後、北条時政が遠江守《とおとうみのかみ》に任じられたときだって、義盛は、

——御家人の分際で……。

と目を丸くしたものである。それがいつの間にか四郎が相模守になって、親子揃って国の守に並んだと思っていたら、今度は三十になるやならずの五郎が武蔵守に納まってしまった。

——それなら私も上総守に。

義盛が実朝にこう願い出た裏に、北条氏に張り合う気持がなかったとはいえない。が、彼の願いは、

——頼朝公は御家人が国守になる事をお許しにならなかったから……。

という政子の発言で拒否されてしまった。

それなら北条四郎、五郎はどうなのだ。

義盛はひどく不当な扱いをうけたような気がした。そしてこれと同じころ、四郎が自分の郎従を御家人の列に加えて欲しいと願い出て却下されたと聞いたとき、

——四郎、つけあがるな。

そんなことは当り前だという以上に、妙に腹が立った。

——義盛が上総守になるくらいなら、私の家来も将軍直参の待遇をうけてもいいでしょう……。

四郎が自分に向って挑戦しているような気がしたのである。

義盛の直感は或いは正しかったかもしれない。そのあと続いて起った事件を思えば、これはたしかに最初に仕かけられた罠だった。

数年後の建保元年・泉親衡《ちかひら》という信州の侍が頼家の遺児のひとり、千手《せんじゅ》丸を担いで謀反を企んだのが発覚した。その謀反人の仲間として捉えられた中に義盛の息、四郎義直、六郎義重、甥の平太胤長もまじっていた。

が、これは始めから奇妙な事件だった。首魁《しゅかい》の親衡はとっくに逐電《ちくでん》し、捉えら

れたのは同調者ばかりだったという事実に、義盛は最初に気づくべきだった。

義盛は上総からやって来て、治承以来の勲功に免じて息子の罪を許されたい、と幕府に願い出た。この願いはすぐきき届けられた。彼はそこで止まるべきだった。が更に彼は甥の胤長の赦免も願い出た。しかし胤長は許されずに奥州に流され、その屋敷あとも、いったんは義盛に与えられたのを四郎が取返してしまった。

散々に自尊心を傷つけられた義盛が、目指すは四郎、と謀反の兵を挙げたのが五月二日。剛勇の息子たちが手を揃えて、御所、四郎の館、中原広元の館に火を放ち、捨身の攻撃をかけて来たので鎌倉始まって以来の騒乱になった。が、頼みにしていた一族の三浦勢が北条側に寝返った上に、急をきいて外部からかけつけた御家人に包囲された形になって、緒戦の華々しさに似ず、みるみる和田勢は由比浦に追詰められた。

このとき一番勇敢だったのは義盛だった。彼の頰から六十七歳の老いが消え、急に平家攻め、奥州攻めの昔がよみがえった。若者を凌ぐ敏捷さで馬を飛ばせ、獣じみた雄叫びをあげ続ける彼は、味方が減ったことなどはまるで眼中になかった。二日から三日にかけてのぶっつづけの戦いの中で、誰よりも闘志を漲《みなぎ》らせていたのは彼だったかもしれない。その息子の誰でもが多かれ少かれ瞳の奥に宿していた諦めと死の影も、彼の中にはないようだった。

が、三日の夕方、一番愛していた四郎義直が討たれたと聞くと、一瞬義盛は雄叫びをやめた。

「死んだか」

ふいに子供のように顔をくしゃくしゃにして、流れる涙をぬぐおうともせず、そのまま、怒号とも号泣ともつかぬ叫びを残すと、太刀をかざして敵陣に躍りこんだ。義盛らしい最期であった。

もし義盛が四郎と六郎の赦免に満足して引退っていたら、あるいはこの騒乱は起らなかったかもしれない。が、一本気で大変な身びいきの彼には、胤長を見殺しにはできなかったのである。

彼は三浦一族の援助をあてにしていた。以前、三浦と他氏が小ぜりあいを始めたとき、両者を調停する侍所の別当であることも忘れて、いちはやく三浦方に駆けつけたくらいの義盛は、和田氏の危機に際して、当然三浦義村は起つと思いこんでいたらしい。

三浦はいわば鎌倉の地元勢だ。他の豪族はそれぞれ本拠を遠く離れて出府して来ているので、鎌倉においてある兵力は多寡がしれている。が三浦はいざというときはいつでも名越口から全兵力を押出すことが出来る。鎌倉の騒乱では、だから三浦の動向は大きな意味を持つ。

が、このとき義村は起たなかった。はじめは義盛に同意したかにみえて、遂に彼を裏切ってその敗北を決定的にした。義村は形勢非とみて義盛を裏切ったのか、それとも始めから北条に内通していたのか――人々は義村の顔を窺ったが、そこからは何も読みとることも出来なかった。

乱が収まると、四郎は義盛に代って侍所の別当となっている。先に執権となって政所《まんどころ》――行政府を押えた彼は、ここに軍事的な指導権も一手に握ることになったのである。しかも没落した和田や同調者の所領のうち、四郎は三浦に近い広大な山ノ内荘と菖蒲郷《ごう》を、その子太郎は陸奥遠田郡を、そして五郎は上総飯富荘を得た。乱を契機に北条氏の富力は飛躍的にのびたのである。が、これに反し三浦義村は奥州名取郡を得たのみだった。

――はて、おかしいぞ。義村の恩賞が少すぎる。あの裏切りがなくては北条の勝利も覚つかなかったろうに……。

――だから今度の功はひとえに義村の働きにあると相州（四郎）は言ったそうだ。

まい。

——ふふふ。褒詞《ほうし》で腹がふくれるものか。またそれで黙っている義村でもある

陰口をよそに四郎は沈黙を守っている。義村の忠節を信じきっているからだろうか、それとも土壇場まで謀反に加担しかねなかった彼にはこのくらいな恩賞でちょうどいいと思っているのか。しかも相手の義村がそれで不満そうな顔をみせないのも、無気味といえば無気味だった。治承以来頼朝に従い、すでに五十路も半ばすぎた義村はいつも慎重だ。それが他の豪族の相継ぐ没落の中で三浦を支え、さらにのばして行かせたのだろうが……。

四郎への権力と富の集中と三浦氏の不遇——よそ目にも歴然とした不均衡を抱えながら、しかし、その後数年、鎌倉は不思議にも静かだった。血腥《ちなまぐさ》い噂がこんなにも絶えていたのは、幕府始まって以来のことかもしれない。平和な世にふさわしく、将軍実朝は和歌と蹴鞠にあけくれている。いや、四郎に幕府権力のすべてを押えられたこの鎌倉のみやこびとは、こうするよりほかはなかったのだろう。陳和卿《ちんなけい》を相手の唐船作り——夢のような渡唐計画は、そのせめてもの抵抗であったのかもしれないのだが……。

四郎は実朝の計画に逆らわなかった。したいようにさせておいた。渡唐計画が

しなかった。

挫折すると、実朝は官位の昇進をやたらに望み始めた。四郎はこれにも逆らいは

実朝に対してばかりではない、四郎は誰に対しても言葉が少く、余り意見を述べたがらない。並びない権力を手にしてからは更にこうした傾きが強くなったようだ。だから姉の政子が亡き頼家への罪滅ぼしのつもりか、急にその遺児善哉《ぜんざい》に目をかけ出した時も彼は黙っていた。善哉を実朝の猶子とした政子が、彼を落飾させて京都へ修業にやり、これを呼戻して鶴岡八幡宮の別当に据えたときも、格別異議は挟まなかった。すでに公暁《くぎょう》と名をかえていた善哉は鎌倉へ着くと間もなく、宿願と称して千日の参籠を始めたようだった。

建保六年、実朝は左大将に任じられた。特に望んで得た官だっただけに実朝は大喜びである。六月二十七日、勅使以下都の公家たちを迎えて鶴岡社頭で華やかな拝賀の礼が行われることになった。

当日は夏の陽がかっと照りつけるかと思うと忽ち大きな雲に遮られるという、何か落着かない空模様だった。一行の行列が御所を出たのは申《さる》（午後四時）の斜め、数人の舎人《とねり》を先頭に、黒い束帯姿の公卿たち、四郎以下の重臣や鎧兜の随兵に守られて、後鳥羽院から贈られた檳榔《びろう》毛の車に乗った実朝は御所の門を出た。

御所から鶴岡までの短い道の両側には見物が満ちあふれ、更に社頭には奉行役の山城行村以下の役人や、鶴岡の神官、僧官が並んでいる。四郎はこの中に、久しぶりに別当公暁の顔を見た。別当などという名にふさわしくない、どこか稚なさの残る顔——それもそのはず、公暁はまだ十八にしかなっていないのだから。父の頼家によく似た細面の頰をひきしめて、彼は食いいるように実朝の一挙手一投足をみつめている。慌しい雲の行き来につれて、時折夕陽が公暁の頰に照りつけたが、彼はそれを遮ることもしない。むしろ茜《あかね》色の夕陽を浴びたとき、彫りの深い顔には微妙な翳が走り、陽がかげると双つの瞳は異様な光芒をはなつようだった。長い間の都での修業で鍛えた体は身じろぎもしないが、その視線は敏捷に実朝の手足にまつわりついていた。

四郎はふと傍らを見た。そこには同じように公暁を凝視する五郎の横顔があった。更にその斜め後の三浦義村が、さりげなく公暁に視線を送っていた。

それきり、四郎は公暁を見ようとはしなかった。その間にも拝賀の儀式は滞《とどこお》りなく進んでいる。実朝の挙措はいつもより更に優雅にみえた。行村の介添で神拝をすませた彼は束帯の長い裾《きょ》を引いてすでに石段を降りかけている。公暁の瞳はまだ執拗に実朝を追いかけているらしかった。

「昨夜、鶴岡の僧坊のあたりで、ちょっとした騒ぎがありましてな」

五郎が小町の館でそんなことを言ったのはそれから二月ほど経ったころのことである。

「いやなに、鶴岡の警備にあたっている若侍と、元気のいい若い僧徒どもの衝突です。暗闇で何やらひそひそ話し声がするので侍が咎めましたら、月見の邪魔をする気かと突っかかって来たのだそうです」

五郎は何げなさそうに笑ってみせた。

「公暁どのが別当になられてから、鶴岡にも元気のいい僧徒がふえましたな。駒若丸――御存じですか？　三浦義村の息男です」

「いや」

四郎はかぶりを振った。

「別当に可愛がられている稚児ですよ。義村は公暁どのの乳母夫《めのと》でしたからね、そんな縁で公暁どのの傍に入り浸っているのです。昨夜も侍を向うに廻して一番元気がよかったのは駒若丸だったそうです。さすが三浦の息子だと誰かが言っていましたが」

四郎は微笑んだだけで何も言わなかった。千日参籠と称しながら、その実公暁がろくに経もよまず、三浦駒若丸等と何かを策しているらしいのも、四郎は格別気にとめていない様子である。

その年の暮、実朝は更に右大臣に任ぜられた。武門の棟梁として遥か鎌倉にいながら大臣に列せられるというのは異例の昇進である。右大臣拝賀の儀式は先例に準じて、翌年正月二十七日に行われることに決められた。

年があけると、先例通り後鳥羽院から牛車や装束が送られて来た。今度は実朝の御台所の実兄、新大納言忠信も下向する予定で、儀式は前回よりも更にはなやかになるはずだった。

雪の多い年で二十七日の拝賀の当日も、朝のうちは晴れていたのだが、夕方からは雪になった。つい数日前の残雪の上に牡丹雪はしんしんと降りつみ、あたりは見る間に白銀の世界に変った。準備がおくれた為に行列が御所の門を出たときは酉《とり》（午後六時）をすぎていた。夏のころと違ってすでにあたりは暗くなっていたが、降りつんだ雪は、かすかな夕あかりをふたたび呼びもどしたように見えた。

この日四郎は実朝の剣を捧持してその側近にあった。鶴岡の楼門の前の神橋のあたりで車を降りた実朝は、楼門から社殿まで隙間なく連ねられた篝火に、黒い束帯姿をくっきりと泛びあがらせながら、雪を踏んで社殿前の石階を昇って行く。それに続いて石階を上りきった四郎は、ふと社殿の廻廊に押し並ぶ人々の顔を見た。山城行光等の奉行役、神官、僧官すべてこの前の通りに顔を揃えている。

が、その中に公暁の顔はなかった。夏の夕陽を避けようともせず、射るような瞳で実朝を追っていた公暁の姿を、瞬間、四郎は廻廊の燭の輝きの中に探すふうであった。が、あの異様な熱と異様な暗さを漂わせた公暁の俤《おもかげ》はどこにもない。

定めの座についた四郎は静かにあたりを見廻した。傍らには五郎が控えていたが、三浦義村の顔は見えない。義村は所労だと言って随行を辞し、代りに長男小太郎を随兵に差出している。萌黄威の鎧を着た小太郎が、小桜威の鎧のわが子太郎泰時と並んでいたのを四郎は思い出していたのかもしれない。奥で小憩している実朝が着座して儀式が始まるまでにはほんのちょっと間があった。それぞれの座で緊張と軽いざわめきが混じりあっていたその時、ふと四郎が眉間を抑えた。

「如何なされました」

隣にいた随行のひとり、源仲章がそっと声をかけた。

「いや」

うつむいたまま四郎は答えた。

「冷えたとみえて気分がすぐれぬ。暫時休息して参る」

剣を、といって仲章に渡すと四郎は席を起った。まだ一座は静まってはいず、近くの人以外は、四郎の起ったのさえ気づいてはいながった。儀式の装束を脱ぎすて、奥の局でちょっと横になった四郎が小町の館に戻ったのはそれから間もなくである。

椿事はその間に起った。

一番先に駆け戻ったのは太郎泰時である。小桜威の鎧の肩に雪を散らせて走りこむなり、膝をついた。

「ち、父上。将軍家が……」

五郎の慌しい足音がこれに続いた。

「残念です。取逃しました」

彼は太郎ほど取乱してはいなかった。

「やっぱり別当が……将軍家の御首級《みしるし》を挙げて行方をくらませました。今後を追わせていますが」

四郎は大きく肯いた。夏のあの日、敏捷に、そして執拗に、視線をからみつかせていた公暁が、実朝にからみつくようにして自刃をふるった姿を思い泛べているのだろうか。

「すぐ兵を集めねばなりませんな」

立ちかける五郎を彼は抑えた。

「もう手配はすませてある」

気がつくと、鎧直垂に服装を改めた四郎の傍には小具足も揃えてある。

「あ、それで席をお起ちになったのですか」

「いや、そういう訳ではないが……」

「私も別当と三浦がいないとは気づきましたが、よもやこんなふうに……」

四郎は無言である。

「仲章はやられた様子です。御運が強かった。もし、あのままでしたら……」

かすかに四郎は笑ったようだ。が、

「では、すぐ三浦の館を――」

五郎が言ったとき、四郎は微笑を消し、ふっと夜の底の音を探るような目をしてから、

「ちょっと待て」

短く言った。

「なぜです。早い方が――」

「いや、ちょっと待ってみるがいい。それよりも――」

傍にいる太郎をふりかえった。

「直ちに尼御所に参れ、尼御台に――」

四郎は口ごもり、瞬間、頬を翳らせた。どのような言葉よりも深い姉へのいたわりと、いつにないためらいとがその瞳にあった。

変事を知った政子は、恐らく劫火《ごうか》に身を焼かれるような思いでいるだろう。自分の公暁への偏愛が取返しのつかない結果を生んだのだと思いつめて……その政子にいま、

――これは決してあなたのせいではないのです。

と言ったところで何になろう。

――そんな簡単な事ではない。もっと深いところに根ざしているのです。

が、いまの尼御台にその言葉が何の意味を持とう。な、そうではないか、太郎

……。

四郎のためらいと心のいたみを、太郎は理解したようだった。

太郎が尼御所に飛んで行ったあと、雪は細かくなり急に風が出た。今まで厚く雪を戴いてうなだれていた杉や檜は、俄かに梢を震わせて雪を払いのけた。白色の世界の中から、いっせいに立ち上ったという感じである。風が低く唸るのにあわせて樹々たちは吠え、飛雪は渦を巻いた。庭の篝火はその度ごとに身をよじった。

篝火のまわりには続々と侍がつめかけて来ている。が、四郎はまだ出陣の命を出してはいない。吹雪が募るにつれて、その口許は引緊り瞳は厳しさを加えて来た。かつての日、父時政と向いあったときのような瞳の据え方で、彼は一点をみつめ、何かと対決しているようだった。

そしてまさにそのとき――。

御所の南にある三浦義村の館でも、この日の惨劇の舞台に遂に登場しなかった義村そのひとが、大鎧に身を固め、飛雪の舞う庭に目を据えていたのである。

――将軍家御落命！

第一報は逸早《いちはや》く入った。

――よし！

義村の潮焼けした頰は大きく肯いた。

——社頭は大混乱。

——よし！

——別当は無事鶴岡を立退かれた模様。

——よし！

が、彼はまだ動かずに一つの報せを待っていた。供奉《ぐぶ》の侍と公暁配下の僧徒の小ぜりあいなどは逐一伝わって来たが、彼の待っている報せはなかなか入って来ない。遂に待ち切れずに彼は尋ねた。

——四郎はどうした。北条四郎は……。

——四郎の安否はわかりません。

続いてまた報せが来た。

——四郎は……小町の館に居ります。拝賀の始まる直前、ひそかに座をはずしてしまったらしうございます。四郎と思ったのは仲章の死体でした。

「う……む、む」

義村は鎧の草摺を摑んで唸った。

賭けは敗れたのである。

公暁が後見役の備中阿闍梨《あじゃり》の雪の下の家にいると知らせて来たとき、彼はすっくと立ち上っていた。

「小町へ！　四郎の館に使を出せ。別当の在所《ありか》が解ったと言ってやれ」

ふと戸惑う人々の前で、彼は大声で武勇の聞えのある郎従のひとりを呼んだ。

「定景！　長尾定景は居らぬか。雪の下へ参って別当を討ち奉れ！」

万に一つの狂いもなかった筈である。それがどうしたことだ。なぜ四郎は席を外したのか……。

ふと彼は誰かの呟きを思い出していたのかもしれない。

——そういうひとなのさ、四郎というひとは……血眼になって探しても、その場にいたためしはないんだ……。

公暁が誅に伏したことによって、雪の夜の惨劇はあっけない終りを告げた。雪晴れの朝が来たとき、早くも人々の間には、こんなときにありがちな風評が囁かれ始めていた。

——いろいろ不思議な前兆があったらしいぞ。鶴岡の神鳩が死んだりな……。

——将軍家は死を予感しておられたらしい。御髪《おぐし》上げに奉仕した者に、形見だといってわざわざ鬢《びん》の毛を渡されたそうじゃないか。

将軍とその甥の間に行われた血腥い悲劇に目を奪われて、人々はその後に音もなく流れる渦の深さには気づかなかったようだ。が、実朝も公暁もつまりはその渦に巻きこまれた二枚の木の葉ではなかったか……。

義村が公暁を見殺しにしたように、四郎も敢て実朝を見殺しにした。そして彼は、実朝を擁した保子が懐《いだ》いていたかもしれないひそかな野望も、もう一人の姉の政子の人知れぬ愛の苦悩をもすべて無視することによって、雄族三浦と対決したのである。

が、その対決の渦が余りに深かった為に、かえって人は気づかなかったらしい。事件が終ったあと、四郎は何事もなかったように義村に対し、義村も慎み深い態度を変えていない。ごく僅かな人々が、公暁を討った長尾定景に何の恩賞もなかったことに一寸小首をかしげたくらいで、鎌倉は不思議なくらいな迅さで平常に復した。

思えば和田の乱のとき、すでに三浦と四郎の戦いは始まっていたのではなかったか。以来六年、ついに白刃を交えることなしに、いま長い戦いは終ったのである。

四郎はさらに無口になった。

彼がいま、東国の王者の座についたことは誰の目にも明らかである。にも拘らず、四郎の瞳の光は、自らのかちとった王者の座に安住するもののそれでは決してなかった。岬に立つ一本の喬木がいち早く嵐を捉えるように、彼は次の嵐を予感しているらしかった。

五

鶴岡社頭の惨劇を目のあたり見て胆をつぶした公家たちが、愴惶《そうこう》として都へ引揚げたあとを追いかけて、政所執事の二階堂行光が上洛した。実朝に子供がなかったため、その後継ぎに後鳥羽上皇の皇子の六条宮か冷泉宮《れいぜいのみや》を迎えたい、という交渉のためである。

これについては、実朝の奇禍とはかかわりなしに、先年政子が上洛して、後鳥羽院の乳母で政界に勢力を振っている卿二位《きょうのにい》――藤原兼子とそれとなく密約を交していたので、当然聞き届けられる筈であった。が、上洛した行光からの使は、

「上皇はお二人のうちのどちらかを必ず遣わそうとはおっしゃるのですが、今す

ぐでは具合が悪いとの事で……」

というきわめて曖昧な返事を伝えて来た。

「なんということを……あれほど卿二位が請合われたのに」

政子は顔色を変えた。

間もなく内蔵頭忠綱が、後鳥羽の使として、弔問にやって来た。彼は前年、実朝の左大将拝賀のときにも勅使として下って来た顔なじみで、公式の悔みのあとに、

「半年前の凜々しい御姿が今も目に泛んでおりますのに……」

細やかな心づかいをみせて政子を涙ぐませた。が、その忠綱も、将軍後嗣の問題に触れてくると、

「さあ……私は院の弔問の御使でございまして、その辺のことは何とも……」

と俄かに表情を固くする。しかも彼は弔問をすませると、思いがけない事を切出した。

摂津の長江、倉橋の両荘は後鳥羽上皇のお気に入りの白拍子亀菊の所領であるが、この荘を預る地頭が亀菊のいうことを聞かない。地頭の任免は鎌倉が行うものだが、この際、地頭を変えてほしい、というのである。

将軍の問題は知らない、と言っておきながら忠綱は言外に、もし地頭改補がきいれられれば将軍問題もうまく行くかもしれないということを匂わせた。昨日まで政子の胸の中に分けいって、その傷口をいたわるかにみえた忠綱は、今日は老練非情な外交官に変貌したのである。

「こんな折に地頭がどうのと……それが人を弔いに来て吐く言葉か」

政子は口惜しそうだった。

「昨日までの慰めは口先だけのことだったのか……」

その言葉に誘われて、つい涙まで流してしまったことを悔いているらしい姉に、

「都の考えはおおかたそんな所でしょう」

事もなげに言ってから、ふいに四郎は瞳を厳しくした。

「姉上、御心静かに。関東は今一番むずかしい所に来て居ります」

どうやら早くも黒い嵐は近づいて来たようだ。その嵐にたち向う四郎の眉には、これまで一度も見せたことのない激しい気力が溢れていた。

勅使忠綱が表面鄭重に、しかも何の確答も与えられずに送り出されたのが三月

十一日、その四日後には、そのころ相模守になっていた五郎時房が勅答の使として千騎を従えて鎌倉を発った。平家討滅以来のものものしげな上洛である。

陽光の中に群れる兵馬を久々に見た鎌倉の人々は、このときすでにその行列の意味するものを知っていた。勅使が地頭改任を要求したという噂は早くも鎌倉じゅうに流れていたからである。

——なに？　上皇が地頭職を改任せよと……。

——たかが白拍子風《ふ》情《ぜい》の申請にまかせてか……。

御家人たちはそれぞれ何らかの勲功の恩賞として地頭職を得ている。いわば生命を賭けてかちとった経済源、権力源なのだ。それをむざむざ奪われてよいものか。俺たちはいつまでも公家の走狗ではないはずだ……。

御家人の怒りが盛りあがって来たそのとき、四郎は矢を放つように、千騎の軍兵を都へ向けて押出したのである。御家人たちの期待に応えて、力に訴えてでも地頭職を守りぬく五郎をはじめ人々の頰には固い決意が窺われた。

が、五郎たちを待ちうけていた京都の状勢は決して容易なものではなかった。地頭職改任が拒否されると、都方は忽ち態度を硬化し、冷然と親王将軍の密約を反古《ほご》にした。一月、二月、三月……五郎は粘り強く交渉を続けたが、その才気と粘りを以てしても、遂に都方の壁を抜くことは出来なかった。都方の神経戦的な小細工に敗れた五郎はやむを得ず、左大臣九条道家の子三寅を将軍にすることで折合いをつけた。源家の血を多少ひくにしろ、三寅はまだ二歳の幼児である。襁褓《むつき》にくるまれた幼児を大事そうに抱えて鎌倉に戻ってゆく五郎を見て、都方はあるいは勝ったつもりになったのかもしれない。

が、都方はどうやら大きな見落しをしていたようだ。鎌倉は負けたのではない。将軍問題では一歩を譲っても、遂に彼等は地頭職を護りぬいた。そしてその方が、鎌倉御家人にとっては遥かに重大な事だったのである。

頼朝のように公家の顔色を窺って妥協を繰返す武家の棟梁ではなく、はっきりと自分達の側にたって権利を守りぬく新しい代表者、北条四郎を彼等は見出す。非情なまでに冷静な、気心の知れない策略家とだけ思われて来た四郎が、俄かに小細工をかなぐりすてた力の人として彼等の目に映りはじめた。都方が小手先の取引の具にした地頭問題で、かえって四郎は人々の心を捉えてしまったのだ。

たしかに四郎は変って来たようだ。六十に手の届きかけたいまは髪も半ば以上白く、額の皺も深くなった。その彼が、三寅に代って政治に与る政子の背後に坐るとき、人は言いしれぬ重みと大きさを感じるようになった。相変らず四郎は無口である。表面に立って指図がましい事は殆ど言わない。が、比企の乱を契機に変貌をとげたように、東国の王者の座についたいま、更に大きなものに立ちむかうべく、四郎はもう一度変りつつあったのかもしれない。

都ではそれに気づいてはいない。四郎の才覚などは知れたものだと多寡をくっている。現に小手先であしらわれて、手もなく親王将軍を引込めたではないか……癪《しゃく》にさわるのは千人の土足で踏みこんで来たことだが、狗を追い払うには狗を雇えばいい……後鳥羽院の近辺には、俄かに北面や西面の武士が群れはじめた。

それから二年、都方は武士集めと小手先細工にあけくれた。彼等はしきりに鎌倉御家人と四郎との離間を計ったり、四郎調伏《ちょうぶく》の修法を行わせたりした。頽廃に蝕まれた彼等にはそれが高級な政略に思われ、そんな小細工で治承以来根を張りつづけた武家社会が突崩せるとでも思ったのだろう、そのまま、まっしぐらに、自ら承久の変にのめりこんで行くのである。

承久三年五月十四日、流鏑馬汰《やぶさめぞろえ》に名を籍《か》りて、都方は千七百騎を集め、時を措かずに、京都守護、伊賀光季を血祭にあげた。と同時に、幕府方と目される公卿、西園寺公経父子を幽閉し、三浦義村はじめ千葉、小山などの関東の諸将に、四郎追討の院宣を下した。離間工作に自信を持っていた都側は、院宣ひとつで彼等が四郎から離れると思ったらしい。中でも最も有力な三浦義村が、公暁事件の折、ひそかに四郎との対決を終っていたことなどには気づいてはいなかったのである。

院宣を持った使は十九日鎌倉に着いた。が、これより一足早く光季、公経の使が着いていたために、彼はすぐさま捕えられてしまった。

忽ち重だった御家人が尼御所に集められた。四郎、五郎、太郎泰時、足利義氏、秋田景盛、長い間政所別当として都方との困難な折衝に当っていた大江(中原)広元の姿もあった。老齢の上に病んで目が不自由になった彼は、職を辞し、出仕も殆どしなくなっていたが、緊急の招きをうけて杖にすがってやって来たのである。

重苦しい梅雨の雲が突然切れた昼下り、俄かな熱気の中で油蟬が鳴き始めた以外は、樹々の緑にかこまれた尼御所はひどく静かである。緊張しきった顔が並んだ所へ、一足遅れて三浦義村がやって来た。彼は坐るなり、無言で一通の書状を差出した。在京中の弟、胤義が、後鳥羽の誘いに乗せられて四郎追討をすすめて来た密書である。

四郎は無言でそれを受け取って開いた。尼御所は更に静かになったようだ。

四郎が書状から目をあげたとき、義村はかすかに肯いてみせた。ほんの一瞬のことではあったが、このとき、義村は公暁事件のすべての負い目を返したのである。

　人々はそのまま協議に移った。都方の兵力は千七百、北面、西面に叡山の僧兵などを加えたものであろう。まず出撃を主張したのは三浦義村である。

「多寡が千七百。何ほどの事があろう。直ちに出撃すればひとたまりもあるまい」

　足利義氏や秋田景盛がこれに同調した。

「木曾や平家に比べれば物の数ではない」

「こちらは、いざと言えば数万の軍兵がたちどころに集まりましょう」

　四郎は無言で眼を光らせ、そのひとつひとつに強く肯きかえす。

「が……しかし」

　若い太郎泰時は意外に慎重だった。

「今度の戦いは今までと違うということです。これまで我々は院宣を奉じて木曾、平家と戦って来ました。が今度は院宣を下すそのひととの戦いです。今、本当にここで踏みきってよいものかどうか……」

　彼が言葉を切ったとき、一座は沈黙した。たしかにそのことは、ここに集まった諸将の心のどこかにひっかかっていたことだった。今度の戦さは兵力の問題ではない。それだけに限っていえば、こんな容易な戦いはあるまい。が、今度の戦いの相手は、実は、一摑みの北面の侍ではなく、その背後にある公家政権——伝統の権威なのだ。この戦いに踏みきることは歴史への挑戦でもある……。

彼等はこの事実を率直に投出した泰時を勇気ある武士だと思った。それを四郎がどう受止めるか……ひそかに彼等は四郎の顔を窺った。が、四郎は眉ひとつ動かさない。むしろ彼等の反応をあますところなく吸いとろうとしているような鋭い視線に遭って、彼等はどぎまぎして目を逸らした。

ややあって、その沈黙を焦立たしげに破る声があった。

「かといって、このまま手をこまねいていてよいものか」

秋田景盛である。それをきっかけにふたたび議論が沸騰した。

「そうだそうだ。いずれはっきりした形をつけねばすまぬ相手だ」

「が、今は三寅君も御幼少。もう少し武家の府を固めてからでは……」

「いや相手が挑んで来た今こそ好機」

このとき、隅の方でかすかなしわぶきがした。素枯れた体で影のようにうずくまっていた大江広元である。

「相模守、北条五郎どの……」

彼はしわがれた声で五郎を呼んだ。

「さっきから一向に何も仰せられぬが……」

言われて人々は五郎がこれまで一度も意見を述べていないのに気がついた。

「私ですか……」

微笑を泛べて五郎が初めて口を開いたとき、声の方に広元は盲《めし》いた目をむけた。

「左様、相州の御意見が承りたい。いや、いま意見を申し述べる資格がおありなのは相州殿を措いてないと思うが……」

沈黙の中に広元の声が続いた。

「すぐる承久元年、相州は千騎を率いて上洛なされた。そのとき、今度の合戦は始まったと私は思っている。な、そうではござらぬか」

一座ははっとしたようである。

「相州はみごとそれを切抜けられた。形はどうあれ、私は相州が勝ったのだと思っている。されば、なんでこの期に及んで論議の余地があろう」

息遣いも苦しげな切れ切れの声が、このとき、何者よりも力強い響きを以て人々の胸に伝わって来た。

「出撃、これあるのみ。院宣？　それが何と？」

歯のない口をあけて声もたてずに広元は笑った。

「院宣などというものは、勝ったものには後からいくらでも下されるものじゃ。各々方よもやお忘れはあるまい。九郎義経殿に鎌倉追討の院宣を賜わったすぐあと、鎌倉殿の力侮り難しとみるや、直ちに九郎殿追討の院宣を賜わったではないか?」

そこへもう一人の老臣、三善善信が人に支えられて入って来た。広元とともに草創以来幕府の頭脳となって働いて来た彼も老病の床にあった。善信の衰弱ぶりは広元よりもさらに激しかった。病み衰えて眼窩はくぼみ顴骨《かんこつ》だけがとがり、たるんだ頬には死斑に近いしみが浮出ている。

荒い息をしながら座についた彼は、広元の言葉を聞くと、衰えた頬に満足げな笑みをうかべ、太郎をふりむくと、

「総大将は、太郎殿、其許《そこもと》でしょうな」

孫を見るようなやさしい瞳でみつめた。まだそこまではきめていない、と太郎が言い出す前に、彼はひとりで肯いて、

「おやりなさい、太郎殿。堂々と出陣なさるがいい。躊躇は許されませんぞ。出陣はなるべく早くがいい」

いつかその老いた頬からは笑いは消えていた。善信はまっすぐ太郎をみつめると力をこめて言った。

「私は戦さのことは何も知りません。が、太郎殿、あなたお一人でも先ず出陣なさるべきです。大将軍が御出陣とあれば東国の侍は自然とついてゆくはずだ」

それから善信はゆっくりと一座を眺め渡した。

「年寄りの、戦さも知らぬ者たちが、とお思いかも知れませんな。が、失礼ながら私達は其許たちより都というものを知っている。都の恐ろしさも、くだらなさも……」

かすれてきた善信の言葉を広元が引きとった。

「それゆえに我々は都を棄てた。我々がこの鎌倉の府に来たとき、すでに今日の日あるを予想していたと言ってもよい」

盲いた目を一座にむけて広元はきっぱりと言いきった。

京官出身の二人の老人によって主戦論に固まったというのは不思議なことだが、血気に煽られての決戦でないだけに、かえって底から盛上って来る厳しい力に支えられ、一同の決意はより固いものとなった。

「父上！」

太郎は遂にこれまで一言も発しなかった四郎をふり仰いだ。

「行って参ります」

四郎の視線は鋭く太郎を射た。無言で深く肯いてみせる彼に、

「直ちに出陣いたします。父上、たとえ謀反の汚名を被りましょうとも――」

言いかけたとき、

「謀反ではない」

はじめて四郎は口を開いた。重く力強い声であった。

「謀反ではないぞ、太郎。上皇こそ御謀反遊ばされたのだ」

木蘭地の鎧直垂を着た四郎の姿が俄かに大きくなったようだった。譎詐《きつさ》も権謀も敢て辞せず、苛烈な相剋の中を生きぬいて来た彼は、この瞬間、生命のすべてを凝結させて立ちはだかる巨人であった。

長い評定の間、結局四郎が口にしたのはこの一言だけだった。すべてを義村、広元、善信等に任せて、言いたいことを言わせている間に、四郎のみを浮き上らせて追討するという都方の小細工はいつのまにか色あせて、何の意味も持たなくなってしまっていた。

上皇御謀反、と激しく言い切ったその言葉には武家の世を支えて生きる四郎の

確信がこめられていた。次の瞬間、その確信は次第に並みいる武将の間に拡がって行った。

——そうだ、俺達は、源家三代のなし得なかった対決を今敢てしようとしているのだ……。

四郎の言葉に支えられて、一座にうねりはじめた闘志の渦のなかで、善信ひとりは目を閉じている。死の影を漂わせたその頰には、このとき静かな微笑が湛えられていた。


やがて政子の名によって出陣が宣せられた。四郎に何の罪もないこと、此の度の出陣は君側の奸を除くためであること……いやそうした大義名分より、集まった将兵の心を捉えたのは、今度の事態は二年前の地頭職改任拒否に始まることを打出したからだ。

——四郎は宣旨に逆らって地頭職を護った。その為の勅勘であるが、もしこれに屈すればそなたたちの地頭職はすべて奪われてしまうかもしれない……。

訴えは見事に効を奏し、数万の兵は一丸となって都へと押出したのである。

――四郎め……。

おそらく後鳥羽はじめ都方は歯がみをしたに違いない。鎌倉武士から四郎だけを浮き上らせて討とうという計画は空しく挫折したのである。

「四郎！」

と彼を名指したとき、またしても四郎はみごとに姿を隠してしまったのだ。代って現れた坂東武者の荒くれ姿の前で、彼等はなすすべを知らなかった。都方の軍勢は殆ど戦わずして敗走し、一月のうちに京都はすべて鎌倉軍の手に収められた。後鳥羽上皇はいったんは京を出て叡山を頼ろうとしたがその力のないことを知って京に戻り、院宣を太郎の陣に遣わした。――この度の挙はわが意志ではない。すべて謀臣の計略である……万事は広元の予測した通りだった。

このとき、四郎は遂に都方と妥協はしなかった。主謀者とみられた数名の公卿は、すべて斬罪か流罪に処し、鎌倉御家人でありながら誘いに乗って都方に奔った者には、特に厳罰を以て臨《はい》んだ。そして最後に、後鳥羽以下の三上皇と皇子を隠岐、佐渡等に配流して処分を終えた。

歴史は大きく転換した。武家の優位が確定されたその時点は、すなわち四郎が東国の王者から日本の王者になるときであった。

が、なぜかこのとき――。

四郎は起とうとはしなかった。五郎と太郎を六波羅にとどめて都および新たに支配の確立した西国地方の行政をゆだねたあと、彼は突然これまで与えられていた陸奥守、右京権大夫の官職すらも辞してしまったのである。

鎌倉の府では相も変らず、彼は執権として政子の背後に座を占めている。彼は前と同じように無口で人の言うことをじっときいている。が、人々はその瞳が以前のような鋭い輝きを放たなくなっているのに気づいた筈だ。彼はひどく穏やかな眼差しで相手をみつめる。相手はその穏やかすぎる光に時として戸惑い、執権は本当に自分をみつめているのかとふと疑いたくなることさえあるくらいだ。たしかにこんな時、彼は目の前の相手よりも、彼自身の裡《うち》をみつめていたのかもしれない。

あの京都出陣を前にした日、巨人が立ちはだかるかに見えた四郎はどこに行ったのか。あの瞬間に四郎は生命のすべてを賭けきってしまったというのか……。

なぜか急激に外への興味を失いかけたらしい四郎は、それと引きかえに、ふいに愛欲に惑溺し始めた。若い頃からむしろ淡泊でさえあった彼は娘よりも若い側室伊賀局に耽溺し、二人の間には次々と女児や男児が生れた。六十歳を迎えたいま、ふしぎにみずみずしい愛欲が四郎のからだに灯をともしたようだった。小町の館では俄かに嬰児《みどりご》の啼き声や、幼児の舌たらずの甘え声が聞え、のどかに彼等とむつみあう四郎の姿が見られた。それは荒野にひとり立つ落葉寸前の大公孫樹《おおいちょう》が、空にさしのべた黄金の葉に夕映えをうけたとき、ふと見せるふしぎな静かさと和やかさに似ていた。

頼朝が全成が、そして景時が時政が、あるときは激しく、あるときは陰湿に狡猾に、いのちの炎を燃やしつづけて登ろうとした権力への道を、四郎は遂に上りつめた。そしていま、冷たく燃える炎の中で、たったひとり四郎は自分の姿をみつめ直しているのかもしれなかった。

承久の変の翌年、貞応元年から数年の間、世の中には天変地異が続いた。大地震、旱魃《かんばつ》、霖雨《りんう》が繰返され、これまで見たこともない巨大な彗星が現われた。半月ほどもあろうかと思われるそれは、紅蓮《ぐれん》の炎に似た長い尾を引いて、毎夜中天に輝いた。

貞応三年六月、突然死が四郎を襲った。ときに六十二歳。その死のあとも、天変地異は熄《や》まなかった。

安吾史譚　源頼朝

坂口安吾

坂口安吾（さかぐち・あんご）
1906年、新潟県生まれ。東洋大学卒業。1930年、同人雑誌「言葉」を創刊。翌年に発表した『風博士』を牧野信一に絶賛され、文壇で注目される。1946年、『堕落論』『白痴』を発表し、新文学の旗手として脚光を浴びる。1955年逝去。

源頼朝：歴史上の人物・出来事を独特の見方で解釈した「安吾史譚」の一作。平氏打倒を目指し旗揚げした源頼朝を描く。

「顔大短身《がんだいたんしん》」と唱えると呪文のように語呂がよろしいが、頼朝がこう呼ばれているのである。顔が大きくて身体がその割に小さかったという。子供のころは大きな顔をもてあましてヨチヨチ歩いていたかも知れぬ。

源氏の大将義朝《よしとも》は平治の乱に負けて、長男悪源太、次男朝長、三男頼朝をつれて京都から逃れた。ほかに鎌田《かまだ》政清ら四人の従者がついてきただけ。合計八人の落武者であった。頼朝はそのとき十三だ。当寺の寺宝頼朝公十三歳のサレコウベでござい、という笑い話のイワレインネンであろう。

頼朝は途中雪のために道に迷い父の一行にはぐれてしまったが、源氏にユカリの者に助けられてお寺の天井裏へかくまってもらった。納所坊主《なっしょぼうず》が毎日見張りをしてくれたそうだ。翌年の春、青墓《あおはか》の長者の家へ送りこまれた。この長者の娘は遊女で、父義朝のメカケであった。青墓の長者などと云うと物々しいが、遊女屋であろう。亭主はグレン隊の顔役かも知れん。頼朝はそのまた主筋の大ボスの若君だからこの遊女屋ではいとも鄭重に扱われ、お寺の天井裏からだしぬけに下界の花園へ吸いこまれてきたような妖《あや》しい潜伏生活をつづけた。

かようなイキサツによって彼の十三歳のサレコウベは尚も発育をいとなみ、顔大短軀の骨組を固めつづけることとなった。なぜなら、彼とはぐれた父の一行はそのころ非業の最期をとげていたからである。

悪源太と朝長は単身地方の源氏をかたらって再挙をはかることを命じられ、それぞれ途中から父に別れて出発したが、まだ十六の朝長は指定された行先がどっちの方向やらそれすらも分らぬところへ、戦争で重傷を負うていたから、とても使命は果たせないと観念して、戻ってきて、父の手にかかって殺してもらった。長兄の悪源太は都へ潜入して清盛をつけ狙っていたが、捕えられて六条河原で殺された。

一方、父義朝は鎌田政清と金王丸と玄光という三人の豪傑をしたがえて、政清の女房の里へたよって行った。政清の女房の父長田《おさだ》忠致《ただむね》は伜の景致《かげむね》と相談して、義朝が風呂へはいっているとき家来の者に襲撃させて殺した。無二の忠臣政清も己れの女房の里で憤死したのである。金王丸と玄光は散々に敵を斬りちらしたあげく、敵の馬を盗んで逃げた。金王丸は当り前に乗ったが玄光は馬の首の方へ背を向けて乗った。手前が逃げるようではなくて敵が勝手に遠ざかるように見えてなんとなく溜飲の下るようなグアイであったかも知れんな。昔のグレン隊は捨てゼリフのタシナミについて幽玄の域に達していたのかも知れん。ムヤミに人の馬を盗んで逃げたがる西部劇の豪傑の手口にも見かけたことのない捨てゼリフの一趣向であるが、昔の日本の豪傑もマンザラ捨てたものではないではないか。物語作者の着想ならば、現代、つまりその一断片たる拙者自らの衰弱ザンキにたえざる次第です。

父と長男と次男が死んで、三男の頼朝が自然に源氏の正系となったが、悪源太と朝長は頼朝と同じ腹の兄弟ではない。

頼朝の母は熱田大神宮の大宮司の娘で、義朝のいくたりかの女房のうちでは一番家柄がよい。義朝は特に頼朝に目をかけていたが、それは頼朝の才能や将器を愛したせいで、決して母の家柄のせいではなかった。もともと女房の家柄などというものは、父親にとっては子の愛と関係のないものだ。特に、源氏という大きなそして悲運な氏族の長者となって多くの支流を統《す》べしたがえ、傾いた屋台骨の再興をはかる任務を負うた後継者を定める段となれば、その任務に堪えうる器量が第一で、特別の好きな女の生んだ子だからとか、母の家柄がよいからなどと目先の感情では決しられない。

しかし器量が第一にはきまっているが、氏の長者ということは形式的に貫禄を要するものでもあるから、その次には母の家柄というようなものが末流末端の善男善女を納得させる要素としては重要なものでもあったろう。

それらの点で、頼朝は生れた順は三男坊だが氏の長者の後継者としては一応善男善女の支持を受け易い有利な立場にあった。病気だ地震だ泥棒だと何事につけても一心不乱に仏像を拝んで伺いをたてるような時代だから、顔大短身などという異形《いぎょう》もニラミをきかせる御利益の方が多かったかも知れない。

父も頼朝こそはわが後継者と見込んでいた。若年の長男次男に単身地方の源氏をかたらって挙兵をはかれと命じるなどは乱暴な話で、お前らは野たれ死んでしまえと突き放しているようなものだ。まだ十六の次男は行先の方向も分らぬ上に身に重傷すら負うているのだから、父の命令を果すのはとてもダメだと観念して父の手にかかって死ぬ方を選んだ。若年ながら天下にきこえた暴れん坊の長男にとっても、顔見知りもない他境で味方をかたらって挙兵などとは出来ない相談だ。生れつきケンカの術に心得があるから、出来ない相談を見分ける分別は達者だ。知らぬ他国へ単身のりこんで味方をかたろうなんてとうてい見込みなしと見切りをつけたから、単身都へ潜入して清盛をつけ狙った。これもチンピラ相手のケンカのようにははかどらず、逆に捕えられて殺されてしまった。義朝はそのへんの結末を見越した上で、長男と次男を突き放したのであろう。しかし、まさか自分が味方とたのむ者にはかられて暗殺されるとは考えていなかったに相違ない。東国の源氏をかたらって挙兵し、われ一代で平家を倒すことができない時は頼朝に心をつがせてと落武者の暗い物思いにも希望の設計はあったのだ。

遊女屋にかくまわれていた頼朝は平家の侍にかぎつけられて捕えられた。六波《ろくは》羅《ら》へ送られて死罪になることになったが、そのとき頼朝を捕えた宗清という侍が、

「イノチが助かりたいと思わないか」

ときくと、十四の頼朝はこう答えた。

「戦に負けて父も兄弟もみんな死んだから、オレはイノチが助かりたい。坊主になって死んだ父の後世《ごせ》を弔いたい」

なんとなく約束の違ったような理屈がおもしろい。戦に負けた父も兄弟もみんな死んだから――と言いだしたから、オレも死にたいとテッキリ言うだろうと思うと、オレはイノチが助かりたい、坊主になって父の後世を弔いたい、と言う。十四の小僧のくせにヒネクレた考え方をする奴さね。

考え方というよりも、言い方、表現というべきであろう。

「戦に負けて親兄弟みんな死んだから、なんのタノシミがあってこの世に生き永らえて候うべき」

と一息にまくしたててしまえば当り前の言い廻しだ。だいたい人間はふだんは

考え深い人でも急場へくると当り前の言い廻しで自己表現するのが関の山のものである。至ってジミで事務家肌の浜口ライオン首相の如きですら東京駅頭でピストルに射たれたときに「男子の本懐」と口走ったという。だいたいその程度のものだ。急場にのぞんで、そう変ったことが口走れるものではない。

特に慣用というものには実体がなくて立板を流れる水のように習性があるだけのものであるから、

「戦に負けて父も兄弟もみんな死んでしまったから……」

と言いかければ、あとは立板に水で、

「なんの望みがあってオレだけ一人この世に生き永らえていたいことがあるものか」

と言ってしまう。こういう急場で慣用の文句を思いついて言いかければ、あとは人間もオームのようなものさ。

ところが頼朝はオームにはならなかった。とにかく彼は非常に生きていたかったのだ。しかし、万人が彼と同じ分量だけ生きていたいのだ。もっとも、なんの望みあって生き永らえて候うべき、と叫んだ瞬間に全く生きていたくない自分の心を自覚した人もたくさん有るであろうが、それは本当に生きていたくないので

はない。その時だけカッとして生きたい願いを忘れていたにすぎない。ところが頼朝は、

「戦に負けて父も兄弟もみんな死んでしまったから――」

と言いかけたが、生き永らえたいという本心を忘れるどころか、思いだしてしまった。つまり彼は甚だしく素直なのかも知れん。そこで彼は慣用の立板に水の文句はそこまでで打ちきりにして、その次の句は改めて自分がかねて思っていた通りのことを言った。つまり、「私はイノチが助かりたい。そして父の後世を弔いたい」

これを顔大短軀の表現と言うのかも知れんな。あるいは非常に運動神経の発達した言い廻しで、変に応じて虚々実々に自己を正しく表現しうる天才があるのかも知れない。十四の小僧にしては物悲しいほどマセてヒネコビているようだ。東京駅頭でピストルに射たれても、この小僧ばかりは「男子の本懐」などと口走ることがなさそうだ。

もっともこの小僧はその後すくすくと顔大短軀に成長して、ピストルには射たれなかったが、五十三の年に馬から落ちたのが元で死んだ。馬から落ちたときなんと口走ったかは物の本にしるされていないのが残念だ。大方シカメッ面をした

だけだろう。

＊

六波羅へ引ッたてられた頼朝は十四を一期《ご》に河原に首をさらす順になっていたが、頼朝があんまりシオラシク私はイノチが助かりたいと言ったものだから、彼を捕えた宗清がフビンがって、清盛の継母で池の尼という権勢ある貴婦人の袖にすがって頼朝の助命をたのんでくれた。そこで池の尼が手をつくして清盛にたのんでくれて、蛭《ひる》ヶ小《こ》島《じま》へ流《る》刑《けい》にまけてもらってくれた。蛭ヶ小島は海の中の島ではなくて、伊豆の韮山《にらやま》近辺の変哲もない里である。

伊豆へ流されるとき、池の尼は頼朝にさとして、

「フシギなイノチが助かったことを思い知り、私の言葉の末にも違わぬようにして下さい。弓矢や、太刀や、狩漁《しゅりょう》などは耳に聞き入れてもいけません。人は口サガないから、つまらぬことから無実の噂がたって再び私をわずらわすことのないように。毎年の春と秋とに二度衣裳をあげます。私を母と思い、私が死んだら後世を弔って下さいね」

と言った。

ところが蛭ヶ小島へ流された頼朝はそれからのまる二十年間というもの、ちょ

ッと恋などということもしたが主として念仏三昧に日を暮した。二十年間一日も欠かさずに一日に千百ぺんずつ念仏を唱えていた。千百ぺんというのは変な勘定のようだが、千べんのは父祖のため、百ぺんは鎌田政清のためだ。勘定の理屈は通っている。おまけに二十年目に忙しくなって念仏を唱えるヒマがなくなると伊豆山の法音尼《ほうおんに》という女聖にたのんで、代りに念仏を唱えてもらった。

日常の習慣的な瑣事に至るまで、多忙にかまけて忘れるようなことがないらしく見える。つまり忙しくなると忘れてしまうようなこと、しても、しなくとも良いようなことは一切しない人のようだ。日に千百ぺんの念仏なんぞは信心のない者にはどうだってかまわぬようなものだが、彼自身にとっては多忙にかまけても忘れられない性質のものなのである。

彼が二十年間念仏三昧の殊勝な生活にひたっていたのは、池の尼の訓戒が身にしみたせいではない。心底からのものなのだ。彼が宗清に向って、

「私はイノチが助かりたい。そして父祖のボダイを弔いたい」

と言ったのは本心からで、六波羅に捕われて死刑を待つ日々にも、父母の卒塔婆《そとば》をつくるために檜と小刀の差入れをたのんだのだ。そして百本の小さな卒塔婆《ば》に仏名を書き、坊主をよんでもらって、所持金がないから着ていた小袖をぬいで

お布施に差出して父母の供養をたのんだ。

天下の平家を敵にまわして一手にひきうける源氏の嫡男の威風なぞはどこにも見当らない。イノチを助けてもらって父祖のボダイを弔いたいというだけのミミッチくて、メソメソと、しかしシンから思いつめたマッコウ臭い十四の小僧にすぎないのだ。虎が猫に化けているわけではなくて、元々タダの猫にすぎないのである。特にメソメソしたセンチな仔猫なのだ。全然何物にも化けていない。化けるどころか、イノチを助けてもらって父祖のボダイを弔いたいと精一パイのことを告白に及んで裏も表もないという化け方一ツ知らずに泣きベソばかりかいている仔猫にすぎなかったのだ。

伊豆へ流されてからの二十年はまさしく化け方一ツ知らぬ泣きベソ猫の素直な延長であり、田吾作の伜の二十年間と甲乙のない平穏無事な成人ぶりであった。一ツだけ違っていることは、無為な二十年であったが、魂のこもった二十年であったことは確かであるという一事だ。

つまり「男子の本懐」なぞと立板に水の文句を口走ることができないという一事だ。イノチを助けてもらって父祖のボダイを弔いたいと告白したが、それが精一パイの本心だったし、毎日千百ぺんずつ念仏を唱えたが、それはどんなに多忙になっても何かの手段に訴えてあくまで継続の必要にせまられているギリギリの大事でもあった。しても、しなくてもすむようなことは天性的にしないタチの珍らしい人間だったのだ。人の念仏は概《おおむ》ねカラ念仏にきまっているが、彼はカラ念仏の唱えられない天性で、したがって日々の千百ぺんもカラ念仏ではなかったし、さすれば「戦に負けて父や兄弟がみんな死んだから、私だけはイノチが助かりたい。そして父祖の後世を弔いたい」というネチネチした言い廻しが泣きベソのように精一パイであると同時に、ひとたび器をもれる機縁にめぐりあえば無限にひろがる水のエネルギーと同じような無際限の力をもつものであることを知りうるであろう。百姓の子の二十年と同じように平穏無為の二十年ではあったが、日々の千百ぺんの念仏がカラ念仏でなかったように、他の毎日のつまらぬ日常の行事にもいつも充実したエネルギーが満々と張りわたっていた。しなくてもすむ性質のものを行うことができない仕掛につくられたムダのない機械のようなものであった。誰かがバネを押して出口と方向を与えれば、そのエネルギーは低きに向ってひろがる水と同じように無限にひろがる力がこもっていたのだ。

無為の二十年の終りの方で、彼は恋愛というイキなことをした。相手は伊東祐《すけ》親《ちか》の娘の八重子である。

祐親は河津三郎の父である。河津三郎は曾我五郎十郎の父だ。祐親の兄は一児をのこして早世したが、死際に祐親をよんで遺児が成人するまでの後見をたのみ一切の証文類を託した。ところが祐親は兄の死後、兄の荘園を分捕ってしまい、遺児が成人しても土地財産一切横領して返さなかった。財産一切をまきあげられた兄の遺児が工藤祐経なのである。祐経が怒りにたえかねて人に命じ祐親の長男河津三郎を殺させたから、河津の子の五郎十郎が祐経を殺して仇討ちした。曾我の仇討の元はと言えば祐親が兄の荘園を横領したからだ。八重子はこういう物騒なオヤジの娘であった。

伊東祐親は元来源氏の家来であったが、平家が天下を握ってからは平家について、頼朝が伊豆に流されると、その監視役を命ぜられていた。

ところが祐親が上洛中に頼朝と八重子は恋仲になった。千鶴という児まで生れて三つになった。つまり怪物オヤジの目をぬすんだ恋がまる三年ほどつづいたワケで、つまりその期間中怪物オヤジは六波羅につとめて領地の伊東を留守にしていたワケだ。

恋愛中の頼朝はどうやら伊東に住んでいたようである。日暮れの森にひそんで時を待ち、夜になると音無しの森で密会したという。音無しの森はいま松川河畔の音無神社のところだそうだが、なるほど祐親の館から降りてくると、地理的にも風光的にも、そのへんがアイビキに最適の場所だ。今でも伊東温泉の絶好のアイビキ場所なのである。

念仏三昧にかまけて恋にオクテの頼朝にとって、これが初恋であったかも知れない。顔大短身の念仏青年がたぎる血を押え、はやる心を押えて日暮しの森の中にジッとうずくまっている様を考えると珍である。日暮しの森が今はどのあたりだか私は知らないが、直径四五寸もある大きなクモとムカデは伊東の木蔭の名物だ。彼の大きな顔の内部では、恋人のほかにクモやムカデについても多少の意識が騒いだり絡んだりすることはあったろう。不足分の念仏を森の中で間に合せていたかも知れん。アイビキの手びきは八重子の侍女がしてくれたようだが、森の中にひそんで女中の合図や日暮れをボンヤリと待っている顔大短身の三十男に数年後のサッソウたる源氏の大将の武者振りを想像することは不可能だ。とにかく彼の初恋の手口に於てはズブの素人のダラシなさが目立つだけで、その神妙な取り乱し様はなかなか愛嬌があるのである。

怪物オヤジが都から戻ってみると、おとなしい娘が三ツの子供を抱いてる上に、その子の父が主家の怨敵、自分が見張り役を命じられている頼朝だと分ったから、大そう怒った。三ツの子供を簀巻《すま》きにして松川の淵へ投げこんで殺してしまった。子供を殺しただけでは気がすまなくて、頼朝の館を襲って殺そうとした。

「娘の男が商人や修行者《しゆぎようしや》ならまだよかろうが、源氏の流人《るにん》をムコにとったときこえては平家の咎めをうけても申開きが立たない」

というのが、頼朝襲撃に当って祐親のもらした言葉だそうだが、その心配もあってフシギはない。頼朝にとって非常に忠義な乳母《めのと》の娘が祐親の次男におヨメ入りしていたから、その次男から襲撃の計をひそかに頼朝に通報した。頼朝はこれをきくと、

「よく教えてくれた。年来の芳心かたじけない。（というワケは八重子との仲を手びきしてもらった芳心なども含まれているのであろう）あの入道に思いかけられては遁《のが》れようもない。さればと言って身は潔白でありながら自殺するのも理に合わないから、運を天にまかせて逃げてみよう」

どうも、このあたりまでの頼朝は、なすこと、言うこと、哀れである。時に頼朝は三十を一ツ越したぐらいの分別盛りであった。

頼朝は家臣に命じて、

「お前たちがここに居ると人はオレがまだここに居ると思うだろう」

と計略をたて、大鹿毛《おおかげ》という馬にのり、従者をたった一人だけつれて、真夜中に逃げだした。

網代《あじろ》をこえて熱海から伊豆山へ逃げたという説と、亀石峠をこえて北条（今の韮山。当時は北条時政の居館《きょかん》の地である）へ逃げたという説と二ツあるが、いったん伊豆山へ逃げたにしても、やがては北条に向ったろう。北条時政は伊東祐親とともに平氏の命によって頼朝の監視役であった。時政も祐親同様元来は源氏の家来だが、平氏が天下をとってからその家来になった。しかし、祐親のように苛酷な監視者ではなくて、頼朝に同情的であった。蛭ヶ小島は北条の近郊だから、時政が同情的だということは頼朝の日常生活の自由を相当に保障してくれている意味がある。頼朝が伊東にも居をかまえ、入道の留守に娘と恋をたのしんでいられたのも時政が黙認してくれればこそであったろう。

両々相対する監視者、北条のフトコロへ逃げこめばなんとかなろうというわけで、まっすぐ北条へか、いったん伊豆山へでて十国峠を越えて北条へか、どっちにしても山また山、断崖また断崖、幽谷、岩山、密林の連続だ。真夜中に馬にのって景気よく逃げることができるような街道とは話がちがうのである。拙者もさる事情があって二十世紀のこの路を自動車にのり泡をくらッて突ッ走った思い出があるが、ドライヴウェイのつもりでつくられたらしい二十世紀の道路ですらも、泡を喰らった勢いでむやみにぶッとばすことのできない難路なのである。真夜中にアカリもなく、心せくままに馬を急がせても、岩や木の根につまずくだけの話であろう。だから、このとき頼朝が身をひそめたという岩や穴ボコなどの存在が誰が見ていたわけでもあるまいに、伊東の山中に伝えられているのである。

＊

伊東を逃げての頼朝はしばらくヤブレカブレの心境だったかも知れない。北条の娘に恋文を送った打算的なところなどは、彼が将軍となって行った経綸の堂々と正道を行く策やカケヒキにくらべると、いかにもミジメな窮余の策で、後日の彼の真骨頂たる風格とは遠いものがある。

窮すれば誰しもミジメになるもので、それは見てやらぬ方がよい。盛運順風の時に何を行ったかが大切で、第一、人が窮した時に行うことなどは天下の大事に及ぶ筈はないのであるから、とるにも足らぬことだ。

北条時政に二人の娘があったが、姉は美人だがママコであり、妹は正室の娘だが不美人であった。

頼朝は北条氏と婚姻して自分の力に頼もうと思い至ったが、ママコと結婚しては親が親身に力となってはくれまいと考え、ママコでない醜女《しこめ》の妹へ恋文をやった。

　ところが文《ふみ》使いの家来が道々己れの一存で思うには、だいたい人間というものは醜女と結婚して行末永く円満に行く筈はない。イヤ気ざして捨ててしまえば北条が敵にまわってしまうのだから、どうもオレの主人はヤキがまわったのか考えることがオボツカない。美人と一しょならあんがい行末めでたく行くのが世の習いだから、かまうことはない。この手紙は美人の姉さんの方へ届けてやれ。こう考え、自分の一存で、勝手に美人の政子のところへ恋文をとどけてしまった。

　ところが政子は恋人の宛先が違って届いたのを承知の上で、平気で頼朝と仲良しになった。政子に限らず、たいがいの美人はこういう時には満々と自信があるらしくて怒らぬものだ。却って男の窮余の秘策を面白がったり憐れんだりして、良ろしい気分になってくれるのである。こうなれば、元来がヤブレカブレの窮策だから、アベコベになっても、むしろ頼朝はマンザラではない。ミジメな窮策通りに醜女との結婚に成功した方が彼の心境を救いのないものにしたであろう。

　時政が政子と頼朝の仲をたぶん承知の上で山木判官《はんがん》へおヨメ入りさせたこと。政子は知らぬ顔でいったん山木判官へおヨメ入りして、サッさと逃げてきて頼朝と一しょに伊豆山へこもったこと。政子の行動は闊達自在をきわめ、また甚だ機にかなっていた。それはミジメに、ヤブレカブレにヒネコビてしまった頼朝の心を解き放す力となったであろう。源氏の嫡流たる矜持《きょうじ》は今やまったく失われて家門を売り物にする乞食貴族の心境になりきってしまいそうなところで、政子が転機の力となってくれたようなものであった。

父祖のボダイを弔う一心だけで念仏三昧にひたっていた時には他に慾念がなかった代りに、むしろ源氏の嫡流たるの矜持は盤石《ばんじゃく》の根をその心底に下していたであろうが、文覚《もんがく》という坊主と会っておだてられてから、平家との対抗、挙兵、仇討というような源氏の嫡流の俗ッぽい任務を考えるようになり、あべこべに源氏の嫡流たる静かな本当の矜持を失いだしたのであろう。

そして、その時から、乳母の妹の子の三《み》善康信《よしやすのぶ》から一月に三度ずつ都の様子の通信を受け取り、他日に備えるような考えを起した。

このように、いつとも知れぬ時の用意に最も基礎的なことから研究に掛り備えを立てておくというのは彼の本来の性格で、このように万事にケレンなく正道を行くのが彼の大きな長所であった。むろん天下の経綸や政治に策はつきものであるが、彼の策はいつも本通りを歩いていて、枝葉にわたる策を弄しない。

文覚におだてられて挙兵のことなどを考えると、まず都の様子を月に三度通信させることを思いついて実行したのはサスガであるが、挙兵、平家覆滅《ふくめつ》という源氏の嫡流たる任務を意識するにしたがって、身は一介の流人にすぎず、手兵もなければ財産も領地もなく、昔の源氏の家来の多くは平家について、頼朝が挙兵して平家退治をするなどとは狂気の沙汰だと概ねきめこんでおり、むしろ源氏の再興こそ笑うべき空想、こういう見方が昔の源氏のユカリの者にすら信じられている。そのように己れに不利で、よるべなく、世の信望を得ることも考えられぬ現実がきびしくヒシヒシとせまってくるのは当然のことだ。源氏の嫡流たる者の任務を考え、その意識が深まるにつれて、およそ嫡流の矜持を裏切るだけのミジメなよるべない現実を発見し、まったく実質の裏づけを失っている矜持の空虚な正体を見出して、その自信が喪失する一方であったのは当然すぎることであろう。

十三歳の頼朝は父の一行にはぐれてただ一騎夜道を歩いているとき、曲者どもにとりまかれて馬のクツワを押えられ脅迫されると、怯えもタメライも見せず曲者を一刀両断にした。

三十の頼朝は恋人のオヤジの入道が自分を殺しにくるときいて、あの入道に見こまれてはもはや逃げるスベもない。さりとて身は潔白でありながら自殺するのも理に合わないから、運を天にまかせて逃げてみよう、なぞと真夜中に馬にまたがり泡を喰らって逃げだすような哀れさである。矜持の喪失も甚だしいと言うべきではないか。

ママコでない方をヨメにもらった方が余計に力になってもらえるだろうというので、わざと醜女に当てて恋文を書くに至っては、まさに家名を売る乞食貴族のアガキにすぎないが、幸いにも文使いの通俗な胸算用と、政子の奔放な行動が機にかなって、頼朝は乞食になりきる一歩手前で足をとめ、立ち直る機会を与えられた。

そして政子の奔放な行動のアゲクとして二人が伊豆山に愛の巣をいとなんだところへ、平家誅滅《ちゆうめつ》の以仁王《もちひと》の令旨《れいし》がとどいた。

頼朝は感泣してこれをうけ、まったくこの時には、ために死するも男子の本懐と口走ったかも知れないほどの東京駅頭的な感傷の暴風裡にうッとりと身を任せているような状態であったらしいが、ようやく乞食の一歩手前で足を止めたばかりの時であるから、男子の本懐なぞと口走ることの虚《むな》しさに気がつく分別もなかったのは仕方がない。

本当に人の心をゆりうごかす感動は、顔の表情の逆上的なユガミだの、涙だの、